月娥眉

一瀛 著

百花洲文艺出版社

图书在版编目（CIP）数据

月娥眉 / 一瀛著. -- 南昌：百花洲文艺出版社，2021.12
ISBN 978-7-5500-4424-1

Ⅰ.①月… Ⅱ.①一… Ⅲ.①中篇小说－小说集－中国－当代②短篇小说－
小说集－中国－当代③电影剧本－中国－当代 Ⅳ.①I247.7②I235.1

中国版本图书馆CIP数据核字(2021)第203484号

月娥眉

一瀛 著

出 版 人　章华荣
责任编辑　余丽丽　罗　云
书籍设计　张诗思
制　　作　周璐敏
出版发行　百花洲文艺出版社
社　　址　南昌市红谷滩区世贸路898号博能中心一期A座20楼
邮　　编　330038
经　　销　全国新华书店
印　　刷　南昌市红星印刷有限公司
开　　本　710mm×1000mm 1/32　　印张 9.5
版　　次　2021年12月第1版
印　　次　2021年12月第1次印刷
字　　数　120千字
书　　号　ISBN 978-7-5500-4424-1
定　　价　52.00元

赣版权登字 05-2021-367
邮购联系　0791-86895108
网　　址　http://www.bhzwy.com
图书若有印装错误，影响阅读，可向承印厂联系调换。

自 序

偶尔记得夜间做的梦。有一天梦到死去的亲人。给母亲打电话，农历七月十五之前让父亲给祖辈祭祀烧纸。父亲当时有事，由母亲替代。后来母亲打电话过来，说是她碰到一些怪事，疑心是祭祀这件事做得不对，后悔不已。我安慰她几句。不知怎的，浮现出一种苍凉感。不知苍凉什么，只是苍凉。

人生看上去是某种苍凉。整个《月娥眉》也是叙写一些人的苍凉。像是有一个巨大的苍凉的感叹号横亘在他们的命运当中。命运从来只在一旁静静观看表演，不需要入场券。

这部作品集出现的人物有齐元稹、笑莉、李佩琪、祖母绿、赵桥、梦露、青丸、阮生、春喜、李峻、成顺、陈慎芝、癞皮刘旺……他们都是真实的，遍布在我人生旅途中的各个地方，时间横跨非常久远。有时是一个名字；有时是空间里流淌的一种从后脑勺迸出的场景，好像同样的场景在不同的时间维度里穿插出现；有时是一个梦；有时是母亲口中谈起的片段。这些人物找到我，丢给我一些蛛丝马迹。闭上眼睛，看见他们美丽的侧影、眉角的蹙额……看见一轮弯月，浅浅地挂在空空的世界。月还是那轮月，人却是不同的。再轻轻地看看，细细地看，凝神地看，又好像每个人也都是同一个人，同一个故事。

我紧紧地跟随他们，诚实记录下来。

这部作品集，我试图开垦一片土壤，把每个人物埋进土里，看每个人物自己发芽生长，他们想长成什么样。我闭上眼睛去"看"他们，快速地记录下来。看到哪，记录到哪。看到什么层面，记录什么层面。是即兴的，切片式的。

我不求全。有时描述一个人，比如《青丸》里的阮母，细细地描几笔，比如"不等阮父允许，明悦的父亲已自作主张，先行一步把人家的儿子变成了自己的女婿。这个下马威，阮母在一旁看在眼里，她估摸着接下来的是作为婆婆该摆上的姿态。倒是阮父，喜从眼睛里溅出来。谁曾想那一巴掌，遥远的，把阮生打到一门好亲事。为阮家光宗耀祖的事，这不，有人已经搭好了梯子，阮生只要向上爬就行"。把阮母搬上了舞台，就是以这样一个侧面。

我记录那些点，点连成线，线织成面，最后发生一种奇异的反应——他们合一了。他们自我的身心合一，成为独自的灵魂，有自我的无边无际的包罗万象的宇宙。在这个过程中，我避免情绪喜好，而是看见他们完全地成为他们自己，他们在各自的节奏上灵魂舞动。

《月娥眉》这部作品集里，也有寓言的部分，有两篇，一篇叫作《灵魂苏醒术》，一篇是《一枚钱币的旅行》。我喜欢寓言，这更加自由。在寓言的底色里，万物有灵能够呈现得淋漓尽致。你必须脱离自己的肉身，打破思想的禁锢，与世界万物直接相撞，哐当一声。那个撞击，无须思考，而是直接地呈现。它撞向哪，你画到哪。

这背后好像有束光，上天旋即把开关打开。

上天把开关打开，我却闭上了眼睛，不可思议的景象出现了——时间里的奥秘，日夜转换的奥秘……在一朵花里，一片叶子上，在我与我告别又相遇的奥秘之中，在不可言说的忧伤之中。忧伤上凌厉怒放的一朵玫瑰，一棵野草，一座山松……一片寂静。一只萤火虫……它正远远地飞来……在盛夏的夜晚……那时的我还是孩子，坐在池塘边看星星——祖父祖母静默在旁为我摇着蒲扇……我是时间的拾荒者。

我一笔一画，浓墨重彩，大量留白——大量地遇到密码——宇宙中的时间密码——心与心的魔法——都在我的心头——

荡漾，跌宕成巨浪的弧度，下坠，蜷回，澎湃，呼啸至大海深处的平静。

平静时，看见无数的跌宕起伏如同龙卷风呼啸着，却极度寂静，寂静。

我看见身体的运行，推及宇宙，看见种子的力量，钻破层层崖壁，崖壁上的一棵小草，一朵小花……一种力破，一种鲜血淋漓的自我蜕变。看见一个人，生命的春夏秋冬划过，生命中的轮回——那一种怅然，在心头落下巨大的空洞。

《青丸》里写了一句歌谣"云儿轻轻，草儿青青，大树后面有鸟声……蜻蜓飞飞，鱼儿追追，小猫跑来扑蝴蝶……"，取名叫《春风谣》。这些文字自动地从空洞里化生出来，不可寻找，只是打开眼睛，打开心门，让它们随意地进出。自然的声音，一种和谐。

有没有一种干净的相见？像一朵花遇见另一朵花相视一笑，像种子遇见春风爬在山头放声歌唱，像你长出翅膀在蓝空气里滑行飞翔……关掉目的，就获得自由。

自由后，经常感到自己是一个空心人。如果词句跑来了，伸手抓一下，变成诗。如果画面跑来了，打开相机，变成照片。

如果人物跑来了，一气呵成，变成小说。……他们都没有跑来，我就安心成为空心人。

《月娥眉》的最后是一个电影剧本。这个电影剧本是一条线，牵引我走到写电视剧本的路上。我和我的搭档君眉小姐花费四年时间写了一部长篇历史电视剧剧本。再后来发现这个电视剧本也是一条线，我触到庄周，也触到中医，并被深深地朗照。

春去秋回，我也写下很多短诗。诗是字与字之间的一种礼节，是微妙的气息和灵魂的共振。字会自发选择另一个字，节奏、语调、排列，而思维在诗的世界里彻底被撕碎。字句一旦完成，便是独立的它自己。经由你这个通道，它们自然地生发出来而已。其间也结成了一部诗集，取名叫《春天的吻》。

这段路给予我巨大的馈赠——我摔碎了自己，却反而接住了自己。

后来不管拉开眼帘或者闭上，一幅画住到我心尖，也住进我瞳孔里——那有一座森林，有云一样的小鸟唱自己的歌，有琥珀般的松油缠缚树皮，有风有草，有树梢，弯弯曲曲。黑夜星光朗朗，小虫或蘑菇悄悄生长，蚂蚁组织巨大的军队抬走老鼠尸体，劳动号子把太阳吵醒。太阳躺在地底，正一点点长高。

与万物撞击，一个个明亮的瞬间澎湃而来，顿时天通地通，极度的感性。那时就好像你没有了，与万物一体，但又不是没有，还有一个身体。身体有过经验、思维与习气，有那个理性的部分。极度的感性，同时需极度的理性。那个理性能够串接、削减、露出内核——就像一堆的材料，理性得把它装起来。这个安装，得妙，得行云流水，得一气而成。

往年的春天总觉得短如一瞬，今年这个五月却是漫长——仿佛有只看不见的手拽着时间的指针，不让它走。又想起了故乡，故乡的五月栀子花总开满一座山又一座山，香气汇聚成一条河，倾倒而下。五月月圆的日子，我的一个远方表姐疯了，因为心上人掉下山崖。她去世很久很久了，但她经常跑出来，一个淡淡的影子，讲述她残缺的爱，像是冷冷的，半个月亮。她说她要化身为《青丸》里的春喜。蝴蝶从葡萄藤上飞起，在蓝色的空气里跳舞。

一　瀛

2021 年 5 月 31 日夜于北京

目录

寓 言

中篇小说

电影剧本

短篇小说

齐元稹

那一种混有尿味和汗味的浓密的味道，不需抬头，就知他已经靠近。将近一米八的个子，身材健硕挺拔，单从身材看像个运动员。身穿一件旧式军大衣，四处开了线，苍蝇绕着他的头飞。粗长的辫子是黑色皮筋圈起，白发间或混在打结的黑发中，仿佛白雪覆在冬日的松枝，阳光出来，融了雪，又未完全融化。

他眼睛很大，中间镶嵌两个琥珀色的眼珠。有一种西亚风情。他总是目中无人地穿梭在麦当劳，停在垃圾桶边收集顾客丢弃的食物，大摇摆走到卫生间方便，突然声音像石头砸向玻璃哐当一声，震彻四方地发表他的见解。

"嘿，你们给我听着，有人举着枪威胁你，你们也不要投降，投降是狗崽子。"

所有人纷纷从自己的世界探出头，他们被这句话惊吓到了。

"就算生活向你举枪，嘿，也别投降。"

像是池塘一个个小的旋涡，麦当劳的人开始悄悄地议论起来。有几种声音——"他是个精神病人，不过，精神病往往会迸出至理名言。""哎，不瞒你说，我是个懦夫，生活举枪我就投了降。"有的人始终不吭声，面无表情望着这个流浪汉。

流浪汉忽然转到我桌子旁，他说："我觉得吧，中国的书法之美，不仅在手腕之间，而且是呼吸，是养生，是身体的运动，还是性情的表达。你就说那一撇一捺，最柔软的笔写出最坚硬的字。"

我扑哧一笑。他也笑了。

他真的是疯子吗？

好像不像，但他的人生履历上有一页写着"1997—1999 年由安定医院收治"。安定医院储存的病例赫然写着他的名字——齐元稹，以及他每日服用的药品名诸如奋乃静、氯丙嗪、氟哌啶醇以及每天的药量。

他有一次在麦当劳大声讲述当年如何在安定医院逃过检查，在护士来送药并监督他喝下时，他如何躲过漂亮护士的检查，变魔术地把原本应在口里的药变到袖子里，他小时候苦练的魔术派上用场。

当场的顾客莫不听得津津有味，甚至有的起身为他买了一份汉堡包。但他忽然像变了个人似的，破口大骂，说他不是乞丐，用不着你假惺惺，撸起拳头要打人。店员赶紧出来劝架。齐元稹大摇大摆走出去。买汉堡包的人从前没受过这样的屈辱似的，乱了阵脚，骂骂咧咧着也走出去了。桌子上那个汉堡包被无情地抛弃，慢慢地变得冰凉。

冬天的时候，他也穿很少，有时候看得见他的脚后跟曝光在白雪之中。有人看见他可怜，好心给他鞋子。他又一次急得像疯子，打了人。他大声警告——你最好不要惹麻烦。

很快警车拉起警报，两个警察在带走被打的人去附近的医院急诊科之前，警告一番齐元稹。至于齐元稹，这一带劣迹斑斑的疯子，警察多次联系他的家人，他发起怒来像个野豹子，家人也不敢留他，他是一颗不知什么时候就爆炸的炸弹。

齐元稹的母亲总是提心吊胆注视着他的一举一动。有时，大半夜他会突然跑动起来，在房间跑着打圈，直到跑到筋疲力尽。楼下的邻居不堪这咚咚咚咚的声音，多次交涉，最后报警。他的母亲每次见警察就哭哭啼啼，讲述她那命苦的孩子自从在一次重大的赛事发挥失常后，精神开始异常。曾经多好的一个孩子，帅气阳光。这是造了什么孽啊。

齐元積的母亲一生都在尽全力救他。母亲去请巫师，把八字告诉巫师。巫师翻开手边的做得细细密密的笔记，对照齐元積的八字算起来，大概十五分钟后，巫师才抬起头。齐元積的母亲觉得这十五分钟漫长极了，仿佛耗掉了她最好的青春年岁。巫师说这八字凶，克父，齐元積的母亲正了正倾斜的身子，只听她说："这孩子八岁时，他父亲出了一场车祸，撒下我们娘仁走了。"

巫师继续说着："九岁时，这孩子犯水，差点淹死。"

母亲抹着眼泪说这多亏了一个路过的陌生人，不是人家跳进去救起来，齐元積就死掉了。

巫师继续算出齐元積的人生轨迹——戊土日干，生戌月戌日，都是墓库，八字中水都没有，此乃坏命。十八岁遇天乙贵人，这一年是他人生的重要转折。三年后，犯太岁又逢流年，这是一大劫。

母亲不停点头，巫师算得非常准。她急切想知道有没有解。

巫师捋了捋花白的长须，叹了口气："命数已定，岂能更改。老太太，回去多多为他赔福吧。你和他前世即是冤家。"

母亲不甘心，弱弱地问："请法师去做法，能不能有一点改善？"

巫师摇头。

从巫师那儿回家的路上，齐元稹的母亲不知怎的，反倒是落下一块石头似的完完全全接受了一个神经病的冤家儿子的事实。

齐元稹在精神病发作的路上越走越远了——比如他一听到体育频道的解说，他的肌肉止不住抽动，突然就趴到地上，等待土地慢慢抚摸他颤动的脸，渐渐平复。他会突然大笑，又会突然哭哭啼啼。饿了伸手去抓菜抓饭，随地大小便。

齐元稹母亲事先叹一口气，然后默默地收拾残局。齐元稹的哥哥到了结婚年纪，没有办法，只好去外头租房子住。

后来齐元稹母亲有一天在收拾残局，倒地不起。

齐元稹拍着手唱着歌，一边呵呵地小孩似的叫："妈妈，妈妈，我给你唱《外婆的澎湖湾》……"

齐元稹的哥哥安葬母亲，把齐元稹送进安定医院之后，哥哥彻底从齐元稹的生活中消失了。齐元稹逃出安定医院，在北平城里流浪起来。

我认得齐元稹是在二〇〇九年的秋天。秋天是北平最好的时

节。银杏仿佛都约定要撒黄金似的，簌簌地整个北平变成金
色王国。一天，齐元稹跑到我跟前，吹了一声口哨，又严肃
地走开了。

我对着他笑。他也对着我笑。

笑　莉

左手边那间咖啡馆，笑莉与成建面对面坐着。笑莉穿着旧红棉絮，梳着早已不时兴的青年头，还是上世纪九十年代的发型，拘着身子端坐。成建斜靠椅子，三角眼，眼神时不时瞥这往那，一种吊儿郎当的神情蔓延开来。他们没有任何饮品，咖啡或茶，桌子空空的，空阔的是那让人一眼望到底的生活。

咖啡馆的灯直无情地射在笑莉的脸上。那脸也经得起这无情的探照。直射的灯光，大约是热的，把笑莉的脸熏红了。那一刹那，对面的成建惊住了，对面的笑莉是守旧的，守旧中有一种经看的美。他是阅女人不少，从前也是一个小小的厂长，顺搭过来的女人想嫁给他的，他无一不像是在菜场挑挑拣拣细细拣过摸过。倒是这一下，这个守旧端庄的笑莉忽然和他遇过的所有女人不一样，那一瞬间，他决定要娶她。他简直是坐不住似的，又顿了顿，重新倚靠椅子。成建开始策略性地讲述他的光荣历史，一手拉住历史的巨轮，躲在厂子里做他的光绪皇帝。像什么厂子里的任免啊，薪水啊，以及如何不动声色地安排行贿的人在合适的位置，他无不——在行。至于女人，他顿了顿，女人就是男人的一块肋骨。

笑莉大约也想不到，人过中年要经受这样一场面试。薄薄的嘴唇，从前娘说那是福薄，她也不在意，因为一个爱她的男子说，她那薄薄的嘴唇就像是夜晚的月亮。说这句话的男子成为她的丈夫，后来这个丈夫得了一场大病，一病病了七年。她的青春就在服侍丈夫的这么些年，像是抓不住的细沙，匆匆从指间溜走了。她又沉浸在丈夫去世的世界里，在母亲的衣钵下，痴痴昏昏，又一个七年过去了。

她那强悍的母亲也渐渐风烛残年，有一天她预感到自己不久于人间，再也罩不住笑莉，临走前把笑莉叫到跟前，虚弱地唤了一声："笑莉……笑莉……"正在厨房包饺子的笑莉赶忙跑来："妈……"笑莉的母亲忽然一阵剧烈的咳嗽，笑莉连忙抱起母亲的头，把旁边的抱枕塞到脑袋底下。咳嗽停住了，笑莉的母亲换了一口气，语气极为平静，且慢慢地一字一句吐出："我时日不多了……说来，我也担心你的将来……找个人嫁了吧……"

笑莉听到要强的母亲说出这番话，就好像冬天屋里头太冷，倚在胡同墙角晒太阳，忽然大墙要倒塌，那种慌张和绝望让笑莉突然哭出声来："妈，我一辈子都是李生的人，他走了我的那部分也去了。我不再想什么嫁人，我守你一辈子。"

笑莉的母亲叹了一口气："守着我是守不住了，这要死的人是要死了。你听妈的话，找个人嫁掉，哪怕是嫁一个空壳，也有一个空壳罩着你。不要像我，守了一辈子的寡，到头来，没少遭闲言碎语，句句像把刀。对男人不要有什么幻想。"

一个礼拜后，母亲果真一撒手，留下这世间无所依靠的笑莉。笑莉像是一艘大海里的小船，年久失修，恰逢狂风暴雨，又想起母亲临死前最后一句话："这生活没什么可计较的，哪一样的生活都不像那穿坏的袍子，一个洞一个洞，这里补好，那边又裂开了……"

一个人关在屋子里，白天倒还好，阳光阻挡了一切回忆。可当夜晚来临，整个世界暗下来，有无数双手正向她伸来，抓住她，要扼住她的喉咙，要死，一死了之的那种。笑莉惊恐得整夜整夜睡不着觉，一个人穿着睡衣影影绰绰走在房间里，忽然在墙壁上看见小姨的电话。

电话接通，是一个中年女人的声音，那喂的一声像极了母亲的发音，笑莉几乎断定对方就是小姨："小姨……"对方惊住了，大概，有几秒钟凝固了，就像谁把钟表的电池下了，一切都停止了。几秒过后，小姨那边有了回音："你是笑莉吧？"

母亲疑心重，浑身长刺，把所有人都扎走了。小姨也在此列。笑莉也成为疑心重之下的牺牲者，像小姨也隔膜得很，但毫无办法，不得已的时候仍是打通小姨的电话。小姨许久不见面，仍然听得出她的声音。她几乎感动到流下眼泪，这句"笑莉"比以往每一个叫她笑莉的声音都动情，她几乎想替母亲说对不起，好像又不合时宜，最后直接哭着求小姨说："母亲死后我就睡不着，总觉得有什么声音，我就钻到毛毯下，整夜在毛毯下发抖。要是我今天单独一人我一定会发疯，我住在母亲的房子里，到处都是她的影子，小姨，你一定来陪我。"

小姨对于笑莉有几份怜惜之意，不管出于人道还是其他什么，小姨搬来陪了一段日子。但毕竟不是事，活络的小姨牵线搭桥，谋划着把笑莉嫁了。从前嫁得冤，当时小姨是反对笑莉的婚约的，一个女人嫁给了没有根基的爱情，很快就如同颓败的春花，是一刹那销声匿迹。而笑莉却说尽管婚约只七年就怅然结束，连一儿半女也没留下，但从前没有一个男子说过，她薄薄的嘴唇就像夜晚的月亮。

在种种因缘巧合安排之下，笑莉坐在咖啡馆与成建见面。笑莉听着成建过去的人生，自己所有的罗曼蒂克都被搅碎了，只剩一地的冰凉，搭伙过个日子吧。一个人待着的日子就像海底无穷无尽的海藻，先应付下来再说。笑莉茫然地匆促地抬起头，成建的眼睛正盯着她，她的脸烧得烫极了。

成建说，我把从前的人生说完了，你说说你的吧。

从前，笑莉一惊，从前有什么好说的。说她想嫁给他，只是因为自己害怕黑吗？说她和亡夫的感情吗？说她的母亲？还是说她的家族？都不重要了。笑莉滚下来的两行泪珠，冰凉的，直凉进心窝里去，抬起手背来正准备揩一揩。成建递上来一张手帕。笑莉的眼泪就落在成建的手帕上，这是他们第一次的亲密接触。

成建不准备问下去了。从咖啡馆回去后的成建，双手插进口袋，左手一不小心摸到笑莉揩了眼泪的手帕，成建掏出手帕，慢慢地放到鼻尖，有一种说不上来的东西正飘飘摇摇地往他心间飘去。

几天后，他们准备着夏天的婚礼。婚礼上，她立在成建身边，穿着一身红丝绸裙，化了妆，褪去她从前九十年代的陈旧装束，整个人忽然洋气起来，一时做了新的变化，倒是让她不知如何是好。电风扇的风吹来，衣裳朝后飞着，飞到成建的黑色裤腿上，红与黑和谐地搭配着，是一幅美的图景。

婚后的成建，倒不像笑莉初以为的放荡不羁。笑莉突然觉得婚姻也不坏，甚至有点懊恼地责备自己为何因前夫而藏在黑暗里太久，日光照在身上，是一阵阵的温暖袭来。曾经想着如果和前夫有一儿半女也是好的，如今却感谢着什么也没有，是张涂满了笔迹的纸，又一遍遍抹去，如今是空白的了，仔细看虽然也看得见弱弱的笔迹。

就像是一个世纪童话，四十八岁的笑莉婚后三个月有一天例假不来了，笑莉并不在意，以为是更年期来了，停了经。医生的诊断是有了孩子。成建终于要当爸，这一点，让成建年轻了十岁。而高龄生孩，足以让女人迅速老去十岁。

有一个夜晚，笑莉摸着滚滚的肚子，不知怎的走到窗边，一轮皎洁的月异常明亮地铺上一种说不上来的光泽。你薄薄的嘴唇像夜晚的月亮，空中幽幽地响起这句话，笑莉惊住了。半晌，她回过神来，朝着那异样的月光迎去。

几年后的一天，他们带着孩子去公园，别人说你们这对母子感情真好。笑莉慌在那里，不知如何应对。还是成建上前来，"我们是夫妻"，以一句话结束了这尴尬，成建扶着笑莉往公园门口走去。

阳光为这三口之家镶了一幅画，挂在红尘滚滚的大都市里。

梦露发廊

一间临时搭建的房子，算不上正经的房子，铁皮围拢的一个空心盒子，盒子四周的铁皮锈透了，咖啡色，很后现代式地叙述自己的往事似的，是有些年头了。房内狭长，左右墙两排长椅，估摸坐得下四个人。

深处一张镜子，镜子里一张濡湿的头发下无精打采耷拉的脸，在一双巧手之下，一寸寸头发掉在身上、椅子上，又像飞似的，缓慢地掉在地上，和其他头发混在一堆，杂草似的分不清是谁的，最后被扫在一块攒在蛇皮袋里被人收购走。这张脸顿时鲜活起来——粗壮的眉毛横在一张圆鼓鼓的脸上，两颊飞出两块红彤彤，像是秋末的晚霞，很快又飞走。这张脸的鼻子眉毛忽然挤在一块发皱扭曲，房里的空气恶化起来。是谁臀部未夹紧，一不小心让不太雅的味道溜出。没等异味散尽，镜子里的男人坐不住了，站起身掏出十块钱，不等找零，径直往外走。

"等等，找钱呢。"

"留给妹妹买零嘴。"

那个男人推开梦露发廊的门，猛烈的风灌进，冲淡了异味。

众人松了口气，憋紧的鼻子猛然吸了几口新鲜空气，那个男人反身回来："快过小年了，要不要给你送点礼物？"

"要……"

"要什么？"

"玫瑰——豆沙饼，稻香村的。"

梦露身材娇小轻盈，眼睛像是杏桃，有一种檀香般长长的回味。有了一些细微的皱纹，但被粉底遮盖得严严实实。梦露在玫瑰两个字后顿了顿，众人提着头一惊，很快豆沙饼把惊压住，众人的脑袋回到原来的位置。

李佩琪正在前来的路上，早上洗了个澡，他家人知道若逢哪天清早他要进行一个仪式——上午洗澡抹香水，这天李佩琪必是要去剪头发的。他的保姆搀扶着李佩琪前去梦露发廊。

李佩琪一见梦露便道"这些年我只认你这双手了"。语气中的暧昧钻进在座的每一个人的耳朵里，痒得很，一时间发廊内静悄悄的。每个人都好像在等待接下来的话。

"你先坐着且等着，今儿人多，轮到您估计要一个时辰。"

李佩琪眯眯笑，眼珠似乎要飞出，直往梦露脸上身上撞："不着急，我不着急的。"

李佩琪示意保姆摆好自带的椅子，一张棕褐色的折叠椅，漆已经掉了大半，远远望去就像只瘌痢狗，他一屁股坐上去，调整成舒服的姿势坐定。这张椅子跟着他十多年，跟着他来到梦露发廊，遇上发廊人多挤挨，他随时倚靠这张椅子定坐在发廊，像是欣赏一件巧夺天工的艺术品似的欣赏着梦露。李佩琪见过的女人并不少，但梦露绝对称得上美人。

年轻时，李佩琪十分迷恋在女人堆里，这个女人身上捏一下，那个女人身上拧一下，女人们委委屈屈，像是逃难似的仓皇逃走。李佩琪发出油污般的笑声。直到家境逐渐富庶，女人们趋之若鹜，排着队等待那一双肥腻的手来回在身体上像蝴蝶般飞舞，落下一个个揩油印子，像是捞得个金元宝。谁知天有不测风云，投资不慎，李家的产业垮掉，紧接着垮掉的是李佩琪的斗志，还有身体内一股原本向上飞扬的气向下陷，陷到肚子底下，说起话来，一种刀刮青竹的涩感，钻进耳朵刮得人疼痛。

突然砰的一声，门重重地撞向墙，冷气灌进来。门外柿子树上站着一只乌鸦，狂风送来它悲凉的叫声。众人都缩了缩肩膀，搓了搓手又耸了耸肩，随便怎么一动总好像能添一点暖和似的。这时只见身着蓝绿毛衣的老姐姐，卷曲的一朵朵开着的银色头发，文着眼线，描着金眉。她嘴角微微一扬，人群中啧啧赞美她的容貌，那漂亮的卷发，那张倔强而骄傲的嘴说起从前，是那样年轻的时候，很多次被陌生人拦住要她签名，以为她是"潘虹"。那小嘴吐出的气泡似的"潘虹"两个字，像是浮在空气中，惊骇地飘荡着。

"潘虹"口气一转："今儿怎么没烧炉子，这天冷啊……听说百年一遇……这寒冻……"

"前两天炉子还烧着呢，上头来人了，不让烧炉子……"

"有个炉子多暖和呀。"

"是啊，呼呼地煤炉蹿出火苗来，大家也暖和一点，一来要烧点热水备着刮脸，二来也添一点温度，不至于在天寒地冻里被冻出一身冰霜来。你们瞧瞧，我这手已经长出微微的红点，怕是要生冻疮。"

李佩琪听见这话，一个他从身体拔出去，正握着梦露的手，向梦露的手心哈了一口气，给梦露暖暖手。另一个他尽力安安静静坐定，两只眼睛跟着梦露的身影动作到处跑。他极力握紧双手，好让自己不显得失分，手心一阵阵汗出，浑身像小虫子痒痒地在爬。

这时坐上去一位七十岁的老太太，头发已经银白，肌肤像是含着微粉的白。年轻时一定是个大美人，让人不住地瞅她几眼。梦露笑着问是剪发还是卷发。卷发。大卷还是小卷？中卷。老太太要大卷，梦露那种。梦露顿了顿，以为说她，恍惚了一下，她是披肩长发，噢，是在风口掀起裙子的美国梦露。梦露略一沉思，给老太太做起"梦露"卷。

这时有人推门进来，问要排多久才能轮上。梦露愁眉怨道，仿佛是娇滴滴的怨气："别问多久，我也没谱，若是要等，就进屋里来，外面凉透了。"可是屋里也坐了七八个人，刚走了一个，门外就填一位客人进来，凳子还没来得及凉透，另一个屁股又盖上来。

半小时后，"潘虹"十分熟稔地起身帮老太太拆卷。"潘虹"一起身，才看得见她腰板大约有两尺三四、柱子一般的腿支撑着整个身体，稳妥。她的动作麻利，熟极而流，在家估计也经常鼓捣头发。"潘虹"不常来，一年也就一次。在座的人一听说她是附近大学里的教授，眼睛里生出一种异样的东西——又是羡慕又是轻叹了一声——轻叹里的言外之意："你看，哪怕再有地位的人不也是一样，蹩在这眉角大的地方卷发。"

这是梦露发廊的第十五年冬天。十六岁她就从家里逃出，她的父母贪图彩礼要把她嫁给当地的一户人家，那户人家生了个傻儿子，这个傻儿子一见梦露就挪不开脚，夜里做梦都"梦露，梦露"地叫。那户人家没有办法，只好上门求亲，拿出一笔丰厚的彩礼。梦露的父母也没有办法，梦露底下连生四个弟弟，举步维艰。梦露连夜逃出家，来到京城为能留下，扎进一家理发店当学徒，手脚麻利，又肯吃苦，很快就把老板的绝活学到手。有五年她日日夜夜洗头剪发烫发，像个陀螺在一个个头边打转，满打满算赚了一大笔汇给了父母。

才一回头，梦露三五分钟又为一位客人剪完了头发，只见正刮脸呢，左一刀右一刀的，根据下巴的不同部位调整刀锋和皮肤的接触角度和力度，剃好一小块区域以后梦露用手指抹一遍确认是否顺滑。刮脸比剪发的时间要长一些，七八分钟吧。七八分钟后，客人的整个脸包括耳朵耳后脖子都全部刮一遍，还包括刮眼皮，刮眼角。客人啧啧赞叹这手艺好，细腻舒服。梦露笑吟吟地接话："不是老师傅都不敢给你刮。"客人掏了十块钱起身，一个劲道谢。

梦露发廊的规则，不管清洗，节约时间轮上第二个。就像是流水线上，梦露用她的手，双手一并插进去，抓、挠、拉，变出一道道发型，每个人顶着新的发型出门喜笑颜开。梦露守持着这个做法，并且收费是太良心——剪个发收费从最初的两块，到四块、五块，如今也只是六块钱。偶尔也会有收二十块钱的时候，就比如早几天，黎旭家大半夜地来敲门请她前去给老头子理个发。老爷子怕是活不久了，生前的愿望是梦露最后一次给理个体面的发型。梦露仓促地走出家门，跟着黎旭前往，走之前她把柜子里的朱砂藏到衣袋里。这次顺利极了，因为老爷子一反常态，重病躺了几个月，这会却异常清醒，十分安静有礼地等待梦露的手在他头顶跳舞。

梦露想起第一次给回光返照的病人理发，那次不很顺利。当她脚一踏入那户人家，就看见阳台上好像有一丛火，黑黑的星子含着金色的火光，像是什么东西狰狞望向她。梦露故作镇定，眼看着阳台的那团火，影影绰绰，鬼影子似的，等她最后手抓着毛巾轻轻擦掉黎老爷子的碎发，那团火噗地灭掉了。她感到那团鬼影子正朝她扑过来，她忽然跳起闪躲，鬼影子撞过来了，她下意识一只脚踢出去，谁知鞋子踢掉了，梦露光脚踩在另一只脚的脚背，摇摇晃晃。这时狗发出凄厉的叫声，那团鬼影子忽然不见了，狗跑起来咬着鞋子送到梦露跟前，梦露重新穿上鞋子。"啊……断气了……爸……"呼天抢地的哭声，梦露跟着哭得跟桃子似的，回到家中，谁知回去她病了三天三夜，这病一场反而花去两百块。

两百块，得洗多少个人头，有几天得白干，梦露都不去细细盘算。往后见那谁谁请她上门，她不推脱，她以近乎英雄气概般的势头走向那些人家。朱砂为她助威，也是一种自卫。

前去梦露发廊的顾客，都是岁数五十以上。年轻人是看不上的，但凡爱美的年轻人谁愿意蹩在这样不上算的场所。八九个人簇拥在不到六平米的小房间，只要谁一动，这个狭小的空间就像鹅棚，形成一股骚动的洪流，每个人欠着身都得挪一挪地儿。年纪大了才明白生活的要义是逐渐剥开华丽的外壳，接地气。因此对这附近的住了大半辈子的老人们来说，梦露发廊成为临时的一个避难所，叽叽喳喳的洪荒涌向哪他们就在哪。不问出身，不问来处，随便就能搭出一台戏，谁都能上台唱戏。

老妇人们经常演出的篇章，是她们上山下乡的奇闻逸事——谈论当年有的同学不得不嫁给种田的脏老头子，一种无比可惜像是被猪拱的语调，那种语调里有一种旷世的苍凉。梦露听了，浑身像结了一层厚厚的霜，顿时心都凉透了。每次她都暗自佩服自己为了逃避一段荒凉的婚姻而逃跑。

她们有时演出婆媳矛盾，这是常演不衰的主题。在场老妇人都上前演讲一番，本来同是女人，却被描成妖魔鬼怪，不能同生似的。只见梦露打岔："哪个女人不是媳妇来的……如果能被婆婆疼爱……这个世界就太平了。"老妇人们面面相觑，才开演就怅然间结束了。

又翻出另一幕戏，这也是长唱不衰的大戏——夫妻大战，男人们闻声赶紧逃出去。这时女人们徐徐展开各自的生活蓝本，一个个从容地打开却又匆匆卷起。每个人都有各自的版图，都能翻出来示众。这个时候梦露不说话，她忽然掉入过去的一段日子里——那时她耳根子软，耳朵通着心，她也爱过一个人呢。

那时的她刚逃到京城，扎在理发店的那段日子浮现了出来。学徒时的店里，生意十分忙碌，一直忙到大年三十，一丛丛坐在椅子上等待做发型的客人，使得梦露一双手瞬间变成两双、三双，还不够用。等候室里也满满的全是客人，忙得天昏地暗。这一天下来，梦露像是失去了那双手一般，极其麻木。熬到客人都走光了，梦露瘫软在椅子上。她望见窗外有一弯月牙，蝙蝠在那条光带里飞来飞去。这时，一个青年闯进了梦露的眼里。他那么一笑，不早不晚，那张笑脸笑到梦露的心里去了。月牙儿好像听见她的心声，但忽然隐到云层后去了，看不见了，那浅浅的月牙，真像梦露的眉啊。

月亮也见证了他们的爱情，月牙时他们的爱情刚刚萌发，一打转月亮胖了起来，爱情也随着升温，待到月亮胖极了，满月之时，她成为他的人。谁知，月缺了，这个青年出车祸去世了。梦露想成家的心也跟着这个青年死去了。只是月满之时，梦露需要的是一种强大的带着攻击力，一种把她扑倒在地的攻击，一种从深处冲撞，一种暴风骤雨后的休息。她捂住，捂得紧紧的。像他们外来的人，在京城就像一阵随时都可能被扑灭的烛火，得小小心心地拢着火苗，双手拦着外头的风……小心翼翼地，在这片土地上暂留。

坐在中间凳子上的李佩琪忽然抬起眼来，那一种眼神是特别的、不健康的，半晌，李佩琪忽然流出眼泪来，众人不知怎么回事，陪同的保姆说得了病就爱流眼泪。保姆的声音洪亮又轻飘，像断断续续的尘灰吊子。梦露凑在李佩琪耳朵跟前，大声说道："别哭了，太阳正好，有什么好哭的。"一边又用毛巾清掉他耳根和肩膀上的剪掉的头发。大家都觉得梦露那句话说得精彩极了，是一切生活的要义。太阳正好，有什么好哭的呢。

李佩琪听到这句话狂笑不止，笑得上气不接下气，笑得全身颤抖，这种颤抖传达至他的头发、鼻翼、肩膀，全身每一处，连这日穿的白褂子蜷出的褶皱，也像一个个笑纹，巨大的，忽然变成一个妖怪似的。李佩琪忽然倒地不起，保姆慌了神，打电话呼喊救护车。救护车到达时，李佩琪断了气。临死之前，只有上帝才看见李佩琪生前最后一个影像是关于梦露，他吻了梦露一下。他微笑地心满意足闭上眼，从那张跟了他十几年的凳子上倒下来，死在凳子边。

李佩琪之死，梦露发廊被连累查封。梦露被双手扣上手铐带走。

看守所，梦露倚靠着墙壁睡着了，在梦中她看见一个傻呵呵的青年朝她跑来，她被捆缚了双手，她拼命地喊叫，但无法发出声音。青年的后头，紧接着跟上来一个剃着光头，满脸浮油，打着皱，整个的头像一个瘪了的西瓜的男人，她看清楚了——这两个，一个是当年差点成婚的，另一个是刚去世的李佩琪。她遇见李佩琪，李佩琪已五十岁，这会儿怎么才三十岁的模样。

后来被查出李佩琪突发心梗，与梦露无关。本来也是，对于不知李佩琪身世的梦露，李佩琪只是一个顶着脑袋的顾客罢了。那五日，梦露每日都昏沉地坠入睡眠，这么些年她居然没有哪个觉比在看守所睡得更香甜。当梦露被无罪释放，她竟然对看守所有些恋恋不舍，这个能够踏实睡觉的天堂之所。

梦露走出看守所，滚烫的太阳晒在她背脊上。她拖着两只脚不知往哪走，这边踏踏踏几下，那边踏踏踏几下，这头转转，那头转转，一个下午，她一直用脚画圈圈。当太阳收走最后一缕光，梦露忽然朝梦露发廊相反的方向走。一步比一步迈得大，迈得阔步。梦露的影子在华灯初起的京城长肥了，渐长渐短，一个影子又生出好几个影子来。

梦露发廊贴上封条。一九九九年一月九日封。一天，一阵大风猛烈地刮起，力量大得仿佛可以把旁边的那棵柿子树拔起。人人像是辟邪似的，唯恐离梦露发廊太近，这个不祥之地。当时所有光顾梦露发廊的人，没有谁去看守所为梦露说过情。从前的避难所，忽然变成灾难地。

梦露所有的家当被房东丢到垃圾桶。一只红色的内衣赫然挂在垃圾桶上。只有那只柿子树上的乌鸦，惨淡地叫着，仿佛为梦露叫冤似的，钻进人们的耳蜗，钻进人们的心口，惨兮兮的，人们捂住耳朵不想听。

无人知道梦露去了哪里。

祖母绿

这里常年热闹非凡。前来的人各自带着自己的人生和心情走进，分坐在不同的位置。逢中午会有写字楼的白领们分流至此，他们经常高谈阔论，热闹非凡。

午后的洪流流过，几个七十岁左右的老奶奶则掐着钟进来，非常准时。大概一个人到了晚年，时间富得流油，一分一秒都是自己的。她们是常客，约定好午后两点来，喝咖啡，且围坐打牌。

另外你无法忽略这里的一群流浪汉。饭点高峰时他们散了，空出这里，出让给顾客，待顾客们摸着肚子出了门，他们如候鸟回巢迅速回拢。这里有一种潮汐般的节奏。工作人员从不驱逐他们，每次等他们前去搜罗一汉顾客吃完的盘子，等拿完再去收盘，长久形成了默契。他们呢，人数众多但从不争抢，仿佛开过会商讨过似的，以一种看不出来的秩序进行着，最后每个人手里都多多少少有了食物。他们埋着头抓着就吃，津津有味，这是天底下最好吃的食物了。

一位年华已去仍貌美的老姐姐跑去，一手端起别人喝剩的咖啡，坐定，端起杯子到唇边，有情调地一口呷着一口，模样儿甚是好看。这位老姐姐是这里的头牌。头发梳得整整齐齐，篦成一个髻子，穿过去时髦的丝绒裙，丝滑的一片裹在身上，皮肤白皙戴祖母绿耳环。从前也应是富庶人家吧，不然举手投足怎可能有骨肉与灵魂上的优雅。

人们背地里纷纷讨论她，时不时地从人们的议论中获得她的人生轮廓——人们暗地里都叫她"祖母绿"。从这祖母绿的名字，听来既有尘埃的历史附着，也好像踏着绫罗绸缎而来。也确是的，祖母绿的娘家从前是京城纺织业的一门大户。

祖母绿想起自己的幼年，便想到家里的园子冬青被佣人修剪得齐齐整整，五月牡丹盛开，在娇丽的阳光下，一朵朵吐出金黄的蕊。从法国移植来的鸢尾，英国来的玫瑰，荷兰来的郁金香也攒足力气，列次等候开放。祖母绿自幼小时，就认为自己和院子里的国花是同一种属，因此跟着攒足力气，变成怒放式的精明。

祖母绿的嘴抹着蜜，但凡她觉得需要，把蜜吐到哪里，沾上蜜的人就帮她把事干了。她也就四处吐蜜，一件件事非常顺利就办成了。久而久之，祖母绿的眼睛越来越往天上长。她不用朝脚下看也知道自己的美。一丛丛的男人飞往那蜜糖罐子，争做一只浮尸。祖母绿可长着心眼，把罐子拧得紧紧。

她的心高着呢，不是那个天底下最美的美男子休想拧开她的罐子。

那个人还没来，她等。

谁知那个人久久不来，她见比她家境差、容貌差的女子纷纷躲在恋人的怀里，非常恼怒，一气之下把蜜糖罐子摔得粉碎，蜂蜜四溅。鬼使神差，祁林居然见缝插针喝到了最大一口蜜。祁林呢，是从罗马雕塑上走下来的美男子。之前捂着花骨朵不愿开放的祖母绿，忽然变成另一番模样——借着五月的春风，把香味传到远处，浮尸更多了，祁林获得比武场上"摘夺驸马"的荣耀。这是祖母绿的策略。

祁林开着全京城第一辆敞篷车来接她，祖母绿穿上祁林为她准备的从罗马运来的高级蕾丝礼服和一顶法国最时兴的帽子。祁林变着花样制造一种奇异的幻象——让祖母绿认定太阳只为她一个人照耀，连月亮也嫉妒她的光芒。她爱上了他，双手缠绕着他的颈项，换一个姿势，又换了一个姿势，不知道怎样贴得更紧一点才好。因为长久的紧张，眼眶底下肿起两大块，也很憔悴了。

她向他凝视。眼里泛着琥珀色的光泽，在深度的凝视里，祖母绿才看得见祁林的真容，他也不过是纨绔子弟的一员。他爱她，这种伪装的爱不过源于一次纨绔子弟酒会上嘻嘻哈哈的打赌。大块的阴影落在她的脸上。祖母绿忽然感到自幼所有的阳光已被这段恋情撕得细碎，她感到了从未有过的失败与屈辱。她竭力保持自己高傲的姿势，但就像在荒野之中，点了一根蜡烛，外头阴风不断地往那里吹。房间里静静的，在这种阴阴的天气，虽然也并不十分冷，身上老是寒浸浸的，人在房间里就像在一个大水缸的缸底。

恨意让祖母绿重新热起来。一个女人若是恨起人来，那这个男人就处境危险。祖母绿重新施展她的精明，盘算着如何把祁林的家底毁掉，她在灯红酒绿的酒席上，一次次布下她的天罗地网，每一网都直接或者间接对准祁林家的产业。谁知，如砒霜般的恨，使祖母绿把自家的家产葬送在这份恨里。

当祖母绿家的四合院被买家收走，她如梦初醒，才知赔了夫人也折兵。

当年她施展一些蜜糖，万事都办成的风光一去不复返。她不得不面对这实打实的生活，住处与一日三餐。她得琢磨着如何找到长期饭票，可是，那些从前分她蜜糖的男人坏透了。她就像是铺张开来的巨大的肉饼，而那些男人们个个像恶极的秃鹫，恨不能立刻冲上去咬上一口。他们暗地里造谣，把她的名声搞到极坏，他们趁机揩一笔，能捞多少是多少。

祖母绿并未让他们得逞，哪怕饥饿让她眼冒金星，仿佛千千万万只蚂蚁咬噬她的胃，她头皮发麻，身体在怒吼。她紧紧拽住自己，不让身体往下坠，谁知太难了，一不小心身体倒下去，这时一个鳏夫厨师布冕接住了她。祖母绿摆出了条件——她得有个住所，并且布冕为她准备一日三餐。

当被领着穿过一个半似漆黑的走廊，祖母绿借着暗淡的光线看见灰尘嵌入墙壁，以及覆着在锅碗瓢盆上。走廊很短，几步来到一间房门前。门前垂挂着褪了色的粉布帘子，布上画着一排排小小朵的含着的花苞。祖母绿一恍惚，愕然，从此后这就是她的安身之所了。

布帘内，忽然冒出来一个老太太，穿紫色布裤，上身罩一件花布衫，剪短的头发白苍苍的，像是覆了一层春雪。春雪下闪着一双明亮的眼睛。老太太随即一转身，把祖母绿领进屋。房间洁净，墙壁贴着很多照片，大多是两岁男童的艺术写真。有一张照片是老太太被一群人围绕着，照片上的她严肃着不见笑容。

"她啊，患有老年抑郁症，控制不住情绪，说是老眩晕……还有胆结石……"布冕悄悄在祖母绿耳边说道。

这时，布冕才和他母亲说道："妈，到你该吃药的时间了。

都这么大岁数，像个孩子，成天让人操心……"说着，把桌子上的一个药瓶倒出药丸，布冕数了数，多了几粒放了回去，五颗药丸送进了老太太的口里，就着布冕递过来的白水，咕噜喝了下去。

"你说这人啊，也不知为什么活这么久……当年和老伴一起去了才好……"老太太低低地说，眼睛里闪过悲凉。

阳台上种上了花，挂壁的玫瑰、盆栽的鸢尾与郁金香，祖母绿一惊，好像这些花在等着她进门似的，像极了四合院的那片花园，五月，是花园争奇斗艳的时候。

"那是紫袍玉带，是月季的一种。"老太太上前凑过去，抚摸着紫袍玉带，一边说道，"就春天的时候开，有一年，秋天也见几朵花开。种花啊，就像带娃娃，月季是个不挑不拣好活的娃娃，好带。"

老太太悄悄告诉祖母绿，自己不想吃药，为骗过布冕的监督，她通常将药卷到舌根下，然后喝一杯水，佯装吞下去。

老太太笑笑地说道："因为我深深迷恋上这晕眩症，它就像一个秘密的入口。晕眩症发作前，会有一种特别的声音，又像狗叫又像猫叫，尖叫着，叹息着，咆哮得绵长、持久。最后布冕他爸出现了，他总是面带微笑地看着我。人总是很奇怪。生前他从不曾对我笑过，死后借由眩晕症我总能见到他的笑容。"

这晕眩症是老太太身体里的一部分，是她的爱情，是她唯一能够拥有丈夫的通道。

祖母绿熟悉这房子的一切。这狭小得就像是四合院的一间偏房，安顿着她，还把她的从前埋葬到不能让它们冒出一点点牙尖。处处是对照，是刺激，祖母绿的神经变得粗糙，渐渐地，从前闹的那些话柄子，在时间河流的冲荡下，成为一堵坚实的崖壁，连她自己都几乎遗忘了。

不是那个夜晚，那个奇异的梦，祖母绿真以为自己忘记了，甩到了崖壁的另一头——但就是那个晚上，她梦见自己坐上一辆敞篷车，半路有个干枯的老太太问能否搭下便车，开车的绅士点头，并请上车。紧跟着干枯老太太的是四个男人，抬一具棺材上车，水晶玻璃的。棺材里躺着一个人，祖母绿瞟了一眼，发现有点面熟，她又仔细瞧过去，啊，是布冕。她大叫一声，开车的人被吓住，定定看向她，开车人居然是祁林。

她惊醒过来，发现枕边的布冕不在了。她起了床，发现老太太也不见了。

原来梦境太沉，连老太太的呻吟声也未听到，半夜布冕带上老太太去医院，谁知途中遭遇车祸，两人一命呜呼了。祖母绿与布冕未有婚姻之纸约，赔偿款被布冕的兄长一家领走，祖母绿也被赶出家门。她回头望去，她曾住过的地方霎时变成坟头。

祖母绿再次流落街头。饥饿感到达了顶点，她觉得身体的血管破裂了，向四处溅出血来，她已经三天没吃饭了。当伸手去找咖啡馆内的食物往嘴里塞时，她顿时在那一秒，心结结实实落地了。从此不再飘摇，是她的心了，自己的心，红色的心。

这样美的人生出这样奇异的命运，世人听着无不摇头。

祖母绿的段落先来个休止符。演奏乐章的是，你瞧，那个老大爷。有一天早上，他拖着大包小包来到麦当劳，从此后再也没有离开过。有一层肚腩贴在白色的棉T恤上，拖着一双露脚跟的鞋子，踏踏踏响在地板上。臂膀很结实，从前应该长久做过重活。

他平时都独占一张靠窗的位置，红布袋装着黑色冬日棉絮，倚在透明的窗玻璃上，明晃晃的，太阳射过来有一个布袋子的阴影。他戴上眼镜趴在桌子上写字，常常自言自语，讲他的家乡话。有时他的眼光越过黑框眼镜的上方，直瞅着一个人，半晌间没有任何表情，看完之后，他又把眼光收走。

他从前是个出色的教师，特立独行和充沛的精力在学校有口皆碑。可他的荣耀总被人顶替。他像是被供奉起的菩萨，功德威威。有一天他冲到管事部门狂泄他的愤怒，像是山洪暴发，几天之后，他被辞退了。他无法忍受这奇耻大辱，一气之下发了疯，浓荫布满他阴郁的眼睛。

他端来剩食，先要用纸巾擦一下手，吃一口，再擦手，再吃，再擦手，直至吃完，利利落落。最后把盘子端走，坐在位置上读报写字。

忽然，祖母绿大叫起来："我桌子上的饮料怎么不见了，谁收走了……那是饮料……赔我……"

估计从来没有见过这样的阵势，女孩那苍白的嘴唇努动了很久似的，终于说出："那个杯子几乎是空的……"

祖母绿几乎是吼："那么大的眼睛看不见吗……"

新上班的女孩几乎发抖："已经……已经见了底……"

祖母绿打量着女孩，大概从女孩战栗发抖的苍白嘴唇上看到胜算，她陡然加大分贝："还有一点，也是我还没喝完的，看你眼睛那么大，用来干吗的？！"

为了息事宁人，很快，一杯新的冒着泡的饮料被端来，战争骤然间结束，一个巨大的休止符。

祖母绿双手搓着饮料，悠闲自在呷了一口，从她那祖母绿的丝绒绣花包里挑了一根牙签，伸进嘴巴，剔起牙来，以优雅的姿势剔起牙来，慢慢地，仿佛世界为她盹着了，停留在一个美丽的剪影上。

忽然又一阵骚动，像是丢沙包玩似的，有两人在脏话的海洋中他一勺浇过来她一勺浇过去。谁也不知这场战争如何引发，也不愿挪动肉身去劝灭这场战争。

抬眼看见原来是祖母绿相认的姐姐，她们总坐在一起说闲话。姐姐特别喜欢脱靴鞋露出脚趾来，浓烈的体味，一阵阵地盖来。坐不远处的客人劝她穿上鞋子，却被骂了回去。

几个月后的一天，推门进去，老姐姐居然谈起恋爱，他们面对面坐着，手紧握着手，含情脉脉，不言不语。那个对象居然是那日与她吵架的人……粗糙的爱情抱成团，星星点点的火星在漫漫的一生中，彼此以为就是太阳了，不灭的太阳……

你看，那边有个人坐在玻璃窗前。窗外巨大的枫杨换上绿装，风吹拂枝叶，整棵树似乎在有节奏地舞动。那人直望着窗外，身后的一切仿佛事不关己。

镇上的微笑

在人群中玫薇局促不安，呼吸加速，心跳加速，手脚一阵阵渗出热汗。玫薇也惧怕独处，总感到暗处有一双眼睛在盯着她，她背脊发毛。

既害怕群居又恐惧独处，这一点使得玫薇的婚事总受挫。尽管玫薇有一双漆黑的眼睛能够让周围的世界静止，这魔力也没能解救她。

玫薇想起曾有过一门亲事——在这之前，这个婆婆在城里出了名，致使城里的女儿没谁愿意嫁进去。但因为玫薇没有朋友，没有八卦，所以这事她被蒙在鼓里。直到有一天这个婆婆得知这座城里还有"老裁缝嫁不出去的老女儿"，就拉着儿子上门提亲。玫薇一见"准婆婆"，脚上的袜子瞬间湿透。心脏玫薇必须捂得紧紧仿佛才能不让它从喉咙跳出。玫薇最后找到解释——这个骂骂咧咧的"准婆婆"，有一副悬在半空中的刺耳的嗓音，一言不合就将怒火遍地燃烧，哧哧发出怪响。

玫薇愿意试试，毕竟这个青年诚实，像个活动不开的人偶。太活络，也把握不住。有过几次约会，男方在前头局促不安地张望，玫薇跟在他后面。他害怕母亲在哪里监视着他。玫薇提议婚后可以搬出去，他像被燃烧所有的怒火——怎么可能做不孝子？！

当玫薇得知即使结了婚也不可能搬出去单独住，脑补一下画面，就知道她必须毁掉这门亲事，宁可一辈子不嫁。玫薇居然借了五个胆子打了男方一巴掌。大概身体从未经受过如此用力，精神高度紧张，直接哮喘倒地。老裁缝得知这件事，也气晕卧床，睡了三天三夜。

玫薇常常渴望像别的女人大度一点。为此玫薇阅读大量关于如何提高女性魅力的读物，甚至偷买了只口红，出门前对镜梳妆，戴上一副墨镜，确定不会被别人认出。等老裁缝关起门听咿咿呀呀的老歌，玫薇溜出大门。玫薇等黄昏降临才出门，好像是只为黄昏而生。"我就像一只老鼠。"想到从未见过清晨和午后的城市，玫薇暗暗感叹一句。

城里听说有个咖啡馆是女人们的好去处。但这件事又不能过于张扬。昏暗的灯光下，一切都才不至于引人注目，也不会被认出——老裁缝家的嫁不出去的女儿。

玫薇经常躲在咖啡馆最暗处的一个位置，有帷幕遮住，但右边可以看见对面广场。从人们的穿着，走姿和神情去猜测他们的人生——如果整个人像个发条似的紧绷，这个人必定长期神经窘迫。至于为什么窘迫，可能也有一个张牙舞爪的妈妈、老婆。如果前额凸起，颧骨有肉，并且下颚隆起，这是个"众星捧月"之相……

这时，咖啡馆响起一些激烈的声音——一个女人索要牛奶和糖，服务生说美式咖啡是不加奶的，加奶需要加钱。她掀起帷幕，看见不远处那个女人情绪激动，反复强调自己不舒服，要点奶怎么啦……嘴巴一直在诉说着一杯牛奶的事。一张方脸，雀斑散落在整张脸上，鼻翼、嘴角以及颧骨处……身材肥厚。那个女人身上的奶黄色粗粒的毛衣，上下针不齐，还是十年前的样式。

那一小口牛奶不再是牛奶，而是一处被侵犯的领地，那片领地努力去守护却并未能守护，被无情地嘲笑过。那一种无情变成巨大的一张口，外头任何一点风吹草动，都被快速放大迅速刺激女人脆弱的神经。那个女人在委屈中愤愤不平夺过牛奶和糖出去。

玫薇放下帷幔，眼神收回来，呷了一口咖啡，又把眼睛投递到广场上。

玫薇看见一个人——等等——她睁大眼睛，以打算看清楚——没错，是他。他紧张得像一只松鼠，玫薇记得那个样子——

眼睛和眉毛本来相隔很窄，这下几乎紧挨在一块，两只眼睛正找一个地方要定住似的，有意与散漫的心神抗衡，他看到这边，停了一下，她忽然意识到这个人是不是看见了自己，赶紧侧过一个角度，她逃过他的眼睛。但她仍看得见他——他又换到另一个地方，也是顿了一顿。当他看见一个母亲的轮廓在某个地方，好像在某个地方，他的身体准备好要逃跑，又定睛一看——不是他的母亲。和他隔了一米左右的女人，亦步亦趋跟着他。一个女人，等等，他有了女人了——她穿着一件修长的风衣，溜肩配大衣更显风情——她居然挽起他的手。她额头渗出的汗珠滚下来，她发现人生中汗珠第一次不从手心脚心，而是直接从额头渗出——那个女人抬起头来——目光犀利如同苍劲的雄鹰，一只上了年纪的老鹰。那个女人起码比他大十岁——并不和谐。

即使是玫薇甩了他，但他仍有一部分属于她，当她看见那个他正从她身体完完全全拔走，玫薇还是抽动了一下，仿佛身体一下被震碎。

玫薇跌跌撞撞走出咖啡馆。

不久以后，人们在清晨看见老裁缝家的女儿玫薇从家门内走出，那双令世界因此静止的眼睛，遇见过的人——每人都或多或少静止了几秒钟。

赵 桥

墙上的钟表正指向十一点。小汽车疾驰穿过我的神经，蝉鸣也加入队伍，穿过窗户趴在耳边唱歌。一扇窗户关上，紧接着两扇窗户关上，所有的窗户关上，终于安全了，安静了，安稳了。

突然一阵细细的声音，渐渐爬上来，爬到耳边，听不清晰，头皮拧紧，耳朵张大些，渐渐清晰了……声音越来越大，越来越清晰……是尖厉的叫喊声与局促的脏话，又短又烈。

听清楚了，是两个人，一男一女，言语激烈碰撞，涌出大量的有关生殖器方面的脏话。情绪继续被燃起，紧接着有身体发生冲撞的声音。伴随着女人的嘶吼，绝望的怒骂，祖宗八代在一轮皎洁的圆月之下被问候，估计也会惶惑不安吧。男人边骂边打。对面人家的灯纷纷亮起来。

有人喊："吵什么吵，还让不让人睡了。"

那对夫妻一定没想过有一天月夜横刀相向，划过一个世界的荒凉。

一幕图景陡然从我脑海蹿出——八岁冬日里的一天，那年冬天特别地冷，瓦楞上挂长长的冰凌，越往下越尖锐，像个晶莹剔透的胡萝卜。突然强烈的打叫声划破寒冷的空气，像撕一块的确良布，一个小口子往两边拉开，迅速划拉下去，我确定是那个声音把我唤醒。

那时我蜷缩在自己的床褥里，听到一声无比绝望的惨叫，这个惨叫像是有一种巨大的力气，我瞬间全身发抖，瑟瑟地等着惨叫之后再有什么声音，可是一秒，两秒，五秒，三十秒，一分钟……很长时间过去了，没有任何声音发出。我一骨碌爬起，以最快的速度披上衣服，推开房门，穿过长长的厅堂和院子冲出去，隔壁家门口挤满了看热闹的人，偷偷地往大门缝里瞧，我推搡着挤着，挤出一个细小的人缝立刻钻进去，门缝比我高，我踮起脚尖，往门缝里瞧——一个女人衣衫不整地躺在雪地里，我看见她血红色的内裤，孤零零的，脸上手上紫红色的伤痕，乌黑浓密的头发凌乱地散开，发尖微微翘起。旁边穿着套鞋的男人在一边呵呵发笑，嘴里叨叨念道："雷电，我弄死你……弄死……"

人们摇着头一个个走开了，嘴里说着"又犯病了……又犯病了"。

赵家院子紧锁大门，门口挂着灯笼，落了厚厚的雪。院子的男主人叫赵桥。赵桥常年行医，随时被叫到各处村庄。甚至在暴风骤雨之前得知有人病危，他穿上雨鞋雨衣，骑上他的自行车就出门。经常遇见雷电天气，危险性是极大的，但当病人需要，他从未有过犹豫。有好几次，据说雷电在他跟前引炸，他都以为自己回不来了。结果，劫后余生，所有人为他鼓掌。

常年风吹日晒他整个人是亮黑色的，像抛光上了釉色。加上基本上每天骑着自行车出门，骑着自行车回家，终日奔波于各种病人之间。他身上没有一丝肥肉的痕迹，一米八五的身高，配上一张国字脸，不，也不太方正，浓密的长睫毛是个不相称的麻烦，仿佛是一个孩子镶嵌在一个巨型的身体里。

从街巷的老人口中得知，有一次他骑车去为一个危重的病人急救，把那个病人从死亡里拉出。而他在回去时遭遇一个暴雷攻击，雷电跟着他，他的车头扭这边，雷电炸在离车一米的地方，他的车头扭向那边，雷电又跟向那边炸开……至于是怎样死里逃生他也没有讲。这件事情传了很久，人们都叫他英雄。但过度的惊吓让他精神失了常。

受了工伤，他每月领着俸禄回到家中。他精神正常的时候——事实上他绝大多数时候精神正常——他竭尽全力对他的女人无微不至地照顾，但一旦他穿上雨衣和套鞋，人们知道赵桥又犯病了。

犯病时的赵桥不能待在封闭的空间，家里装不下他，他必须走出家门到街上去。穿上套鞋，穿上雨衣，把自己裹在雨衣里包粽子似的，封得严严实实。手里必须拿着一根棍子，有时拿在手上，有时拎在腰间。他戴卜一个"可塞号"头盔。总之，这种时刻他一直陷在雷电攻打他的境地，他总想用一层壳把自己保护起来，好像这样就安全了。

但犯病到了极点，赵桥的眼睛充满了血丝，他的女人红梅在赵桥极大绽开的眼睛里，渐渐变形，由大变小，渐小，细成一条闪电，赵桥拎起拳头朝这条闪电狂挥，嘴里念叨："雷电，我弄死你……弄死……"

红梅隔一段时间被暴揍一顿。红梅的娘听说了这件事，拖着不利索的脚，拄着拐杖，就去找赵桥算账。赵桥往丈母娘的烟管里递上捏碎的"红梅"或者"阿诗玛"，烟草呼啦呼啦地燃烧，星火粒子偶尔碰到外头，像是一颗转瞬即逝的流星划过。女儿啜泣着，跟娘解释道："赵桥不犯病时，待我也是好。我若走了，不管他了，他犯起病来，不知道谁要遭殃，打人要进班房。可能上辈子我欠了他，这辈子要以这种方式来还。"

红梅娘长叹一声，无奈地回了家去。

我陡然从回忆里挣脱出来，月亮已经往下走了。我抬头一看，深夜十二点了。

懒汉这个人从回忆里连带着浮现。懒汉是我们的房东，他的父母给他留下一个大院子，光租金就够他一日三顿地过活。他扬言自己已经明了人这一生的要义——终究是一场空，他把他的一生置入到这种空中。他搭上了一天又一天的虚度。在他的身上，八岁时的我就像看到一面可怕的镜子——虚无，我害怕那一种虚度，八岁那年就决意与这种虚度划清界限。然而时至今日，我才明白，致力于虚度或者不虚度的人，谁不是一样被赶在人生这条荆棘丛生的路途之上，过着长短相近的日子呢？

女人一声长哭跑出了家门，消失在冬日月夜里。起风了，又起了风。跑出家门的女人她穿过了衣服出门吗？还是一气之下顾不上这件事了？

街道上的车仍然疾驰着，恰好没睡着竖起耳朵听完这场战争的人估摸也将要睡着了。月亮最后也完完全全落下去了。

清平乐

从外头回来的平辉，几个大的黑斑横跨一整张灰脸。平辉曾是镇上数得出的美男子——俊挺的身高，宽阔的肩膀，眉目开展，鼻梁尖稍微往回一收。他总像是含着的一朵花骨头，拿不出来见人似的，也就不太出来见人。岁月磨砺他一切灵气的眼神。

我一愣，一时不知拣起什么样的话，胡乱塞了一句话，平辉望了我一眼，飘浮的一眼，仿佛含着无限的忧伤，又礼貌性地点了头，一闪，钻进屋里去了。不知为什么，那一眼说不出来什么感觉，像是日迫黄昏，紧接着无限的黑暗。

巧珍见我过来，把我迎进去，裘皮大衣上的毛领几乎掩住了我的脸。她拉我坐在长板凳上，桌子上一壶刚沏好的茶，巧珍热情往茶盏中倒茶水，递给我，笑着介绍这是老板送的礼物。我往嘴边送茶水，喝毕，"这是上等的岩茶"。巧珍听到茶好，热情地埋怨这家中只她一人喝，其他人哪有这样的福分。巧珍的话里总觉得有刀似的，听得让人触目惊心。

这时，谁家的孩子大声地哭着，揪心地号叫，听着让人震心。

有一种无形的似乎是悲剧的东西笼罩过来。巧珍坐在对面，身穿当季流行的大衣，紧扣腰线。脸色有一种异样的红润。我不禁联想，她若与灰白的平辉并列，红的更红，灰的更灰，更往着极端，一种惨烈。

不知怎么话题滑到平辉身上，顿失神色，又气又怒："我管他，是的，我也管他，可命是自己的，叫他不要喝酒，他听吗？谁管我呢，为了这个家，我哪天不是起早贪黑，能多挣一分是一分。每天夜里腰酸背痛，谁能给我揉一揉。"说到痛处，以为是眼泪要滑落，她扭过头，再扭回头，装上一个猝不及防的笑容就像装假肢似的有了经验。这时平辉恰好出来，听到巧珍说到这番话，嘴里嚼着什么东西忽然骇住了，眼睛望着巧珍，充满颤抖式的怯弱，像是悬崖上的最后一棵野草，疾风吹拂着。只见站着的平辉继续嚼着嘴里的食物，嚼着，喉管起伏了一下又平滑下去，一个囫囵吞下，最后他转身回房了。

像是给针扎了一下，巧珍很快坠到平静中，一个极小的波纹被清风微微一吹，巧珍寒暄着说些家里家外。眼下这腊月之尾，有没有空陪她去镇上的集市添置一点年货——芝麻饼、年糕、炒好的花生和煮熟的西瓜子已在铁桶当中。听说最近有些丰城人临时搭了一个米糖铺子，丰城人比咱们做的就是好吃。

听说是上等糯米饭做成冻米干饭，再用清茶油煎泡，使得干饭变成爆米花，再用上等的饴糖黏住，待凉透了再切成薄片。巧珍绘声绘色描绘一番，好像她正做好一屉，满手的油正往围裙上揩。巧珍有一种红彤彤的烟火气，兴兴头头地往生活的热闹处钻营。

房顶上到处各种食料累累地挂下来，一颗颗翠绿的大白菜捆绑着，长长的腊肉被熏得黝黑，最多的是芥菜帮子，晒干之后又称"梅菜"，与块状鲜肉一齐下锅，端出来就是一道上等菜。这些都是巧珍张罗，难怪巧珍巧珍，名字里头都含着"巧"。

平辉这些年灌酒灌得凶狠，巧珍的"巧"就像神龛发出金子般的光，平辉不出去也能应付着生活。维持潦草的生活并不需要太多，就这样被巧珍远远甩在后头，离得越来越远。

平辉他娘有好几次拎着平辉的耳朵，尖声教训着平辉，两人约定好似的演给外人看，巧珍也习惯了这种状势。有谁不知，这平辉的好吃懒做不都是老太太惯着的，也不是什么富裕的人家，全照着富人家的生活养。老太太知道自家的儿子照面子也是一表人才，也只远观，近看扒开——肚子里尽是平庸。老太太有着自己的算盘——为平辉找个勤快的处处听话的，就好像要把抱在手心里的平辉递给下一个人抱着。

巧珍是平辉第九个相亲者。据说前面那八个，各种样式地喜欢着平辉，明争暗斗地，无一个不想嫁给平辉。

从前的他也出去做点事，但总像节约着做点别的，只用三分力气。亲人们为了照顾他，但凡有这样的活便唤他来做事，做到后来，仍会请人最后返工重新做一遍。所以一日三顿也是饿不着的，每天他都小鸟般快活地生活。

巧珍当年十六岁，满脸的粉气，暗自爱慕着平辉。有一天在庙里把心愿告诉了菩萨，菩萨通灵似的把巧珍送到了平辉跟前。

起初几年的婚姻，巧珍看平辉看不厌似的，视若珍宝，供着宝似的把平辉供起来。平辉像撒了欢，与镇上的无所事事的男人赌博斗酒，直到有一天巧珍无法忍受回家倒床就睡的平辉——巧珍越看他越像一摊被酒浸透的尸骸。

可是来不及了，一个下坠的身体颓下去，没人有力气拉得回来——为此，巧珍闹过。老太太出来主持公道，有谁不护着自己的犊子？不得理，也不饶人。巧珍用肉身顶过去。平辉娘大门口跺脚，大骂——"你这扫把星，也不嫌丢人，丢人都丢到巷口去了。"巧珍一怒之下回到娘家，扬言一了百了，可娘家不断摧毁她的意志力，她爹咬着烟头，闷闷地一声："当年阻挑你嫁到他家，你当初是如何咬着牙说——就算讨饭，也要跟着他。现在还没到讨饭的程度，你有手有脚，就撑不起那个家？"

巧珍哭着离开娘家——那回家的路是遥远漫长——一个女人啊，一旦离开娘家，有几人回得去。处处都是荆棘，荆棘上滚着血泪。

还是巧珍娘出来，小步地紧跟着巧珍，叹了一口气："巧珍啊，你也别怪你爹说的话难听。我活了这大半辈子了，我算是活明白了——嫁给谁不是嫁，这女人啊，得靠自个，靠任何人啊都靠不住。"

巧珍也就断了娘家的路——回不去了，只能咬牙往前走。路上的芦苇被风吹得一荡一荡的，虚虚的，像是人影子。巧珍双手搂紧自己，快步往前走。还有大半的路，天色已晚。这时有个男人骑了自行车跟在后面。

巧珍步子更加快而紧密，身后的男人像是丈量好似的，始终维持他们之间的一个长度。

男人忽然落定在巧珍前面："来吧，上来，我送你去你要去的地方。"

这个男人，后来成为巧珍的老板。

婚后，第一个对巧珍额外照顾的男人，是她的老板。照说一个关在婚姻中的女人，对于丈夫之外的男人投递过来任何的好意都应该远离，这是中国式的家庭教育。

巧珍在老板的厂子从底层做起，倚靠着"巧"，一步步升迁，人也越发红润，加上巧珍当了干部，在穿着上也处处用着心。巧珍一心扑到工作上。人们却误传巧珍一心扑到老板上。

听到风言风语，平辉赌气地把命也堵上，掉入酒窖中。平辉被酒精紧拽，越来越往下坠。浮肿、咳嗽，整个人像是被灰色的画笔涂满了。他的那些平日里称兄道弟的朋友一见他就找借口溜走，好像躲瘟疫一般。他终于不再出去酗酒，一个人躲在房间里，一个冬天。

春天了，自己关在房里太久了。他的病是好不了的。

老太太急得茶饭不思，平辉的姑舅们齐聚一堂，巧珍被叫了来，就像是审犯人似的，把巧珍逼了一通——要给他瞧病，巧珍顿时什么委屈都往头上涌，这些年来她起早摸黑，为平辉治病没少花钱。所有人原本想劝一劝，又忽然觉得自己无理似的，闷着不吭声了，好像说什么都不合时宜。就在这停顿之间，只见她自顾自地又倒出来一篮子的话——"病也是瞧过了，大夫交代不要喝酒，可他听吗？以为我出去做事了就不知道似的，偷出去买酒，把那没有喝完的酒瓶藏在箱子里、衣服里、床底下……这辈子如果可以重来，我绝不会嫁个酒鬼，没用鬼。没本事挣钱，我也就认命了，还不自个要自个的命。我上辈子是造的什么孽……"

巧珍抽泣着，说到动情处，控制不住痛苦的蔓延，整个人都陷在痛苦的淤泥中，越陷越深，最后失声痛哭起来。在旁听着的人不得不泛着点泪花作为陪衬，仿佛是在哭给她看，是怜惜，是慈悲，还是某种程度上的感同身受，连旁听的人也说不清楚。平辉的姑舅们见势一个个溜走。

有一天，巧珍的姊妹来到家中。听说百来公里外的仙霞镇有个出名的刘半仙，看起人的时运来那是一字不差。她的姐妹们都没读过多少书，在社会磨砺里艰难生存着，一时找不到什么样的信仰来支持，不少钱都交给刘半仙，希望刘半仙能改改命。

"能改命咯……"平辉娘在门外偷听着这话，第二天辗转来到刘半仙家。刘半仙的屋里来了各地求算的女人们，女人们也自发地排着序，就好像是个戏台，戏台上是她们的爱恨情仇，等着解密的女人听刘半仙正在给女人解密，津津有味，实在挤得人多了，前来求算的人都进不来，刘半仙的老婆就会赶走那些早已算过的人。终于轮到平辉娘，刘半仙把身体挪向着她，平辉娘先报上自己的生辰八字，刘半仙沉思一会，那沉思一会就好像一世那样长。

刘半仙顿了一顿，清了清嗓子："老太太，你生在四月，青黄不接的时候……属鸡……怕是这辈子贫穷困苦过……你这人就吃亏在心太直，受人欺……"

平辉娘果然点头不迭，用鼓励的口吻说："系，唔……系的……"

刘半仙继续："家有独子一个，原本有三个孩子，没带活……一个在两岁，一个七岁……眼下这个……"

平辉娘等待着，就好像等待一种审判，平辉娘语气变得极弱，弱得几乎连她自己都听不到，眼下这个，她的儿子命不远矣。

"种下了什么因，便结什么果。"

一切在这话里，连争辩与抗争的勇气都顿失。

老太太跌跌撞撞地出来，所有在场的女人替平辉娘也耽着难过几分钟，很快又进入到另一个人的生命戏剧当中。是谁搭出的帷幕，谁是幕后黑手？人们都以为是命啊，命是一切的主宰。

回来的夜里，老太太受了风，第二天也躺在床上，她感到寒风在一点点往身体里灌，寒风吹着热身体。她是血肉之躯的人，不是一个虚无缥缈的梦。

巧珍刚被老板送回来。她见家中静悄悄半开着门，人影幢幢。好像都是人鬼子来抓她。巧珍头皮一紧，来不及与老板告别，钻进家中。

巧珍的老板望着那个燕扫般轻盈的身体，全身一阵发热。

如假包换

各家的楼上慌张地铺晒大大小小的衣服与被褥。春天的阳光贵着哪。人们也赶紧从楼下爬到楼顶，争相做一只浸在阳光罐头里的凤梨粒子。右边隔壁家一对年过七旬的夫妻蹒跚爬上了楼。平日里鲜与人来往。他们簇坐在一张长椅上，顿时矮下去，阳光把他们锤成两个土豆，紧紧挨着。他们老两口旧衣裳从去年穿至今年，全然不是过往的任何一个春节，寂静极了，都关在一个巴掌大的地方煎熬每一秒。每一根秒针分针仿佛都是拖着重重的磁铁。

左边的李太太家楼顶铺满切成碎的芥菜密密麻麻，李太太翻动着，另外李太太的先生蹲在一旁剁刚摘好洗净的芥菜，菜刀落在菜板一声声，嚓嚓嚓。跑上来两个孩子，小孙女和小外甥，两人追追打打，有个摔了跤掉进芥菜堆，歇斯底里地哭喊。刀落的声音搅着哭喊声，李先生拉起小外甥，李太太见状不住口地咄咄骂了起来："死上来干吗，没见大人忙着，一天到晚打打闹闹，催命似的，再不听话都给送走……"

送走，李太太忽然停下来了，送去哪呢？她的儿子女儿都跑外地挣生活，她被迫又像重新结了次婚，重新拉扯着两个孩子。从前的日子啊，历历在目，一个节骨眼打着另一个节骨眼，她就是赤手空拳闯过来的，想不到年近五十又要重新走一趟这人间的炼狱。

这时对面的女主人也出现了，是张太太，她抱了被褥上来，找到阳光闪耀的地方铺开。张太太也听到了骂声，打个圆场主动与李太太攀谈起来："今年阳光太少，芥菜干晒到几成干了？"张太太顺手把灰黑色的衣服挂在被褥上，衣服疲软地垂下，灰嗒嗒的，在风中微微飘一飘。

李太太顿了一顿，语调转成平顺，夹杂一点说不清楚的东西，仿佛底牌就露在外人眼前，略略叹着气，还听得出有点气恼，跟个孩子似的，嘟囔着："天不争气，菜也跟着受罪……"尾音里有长长的寂寞。

巷口有个声音叫着"爸……妈……我回来了"，穿破这长长的寂寞。

两个土豆倏忽间站了起来，连忙地应着："在这，楼上……等下……我们下来。"土豆慢慢滑出太阳统御的世界，一把钻进阴影之中，忽然变出他们原本的模样，相互搀扶着下了楼。

门口敦敦地站着一个男人，四十来岁的年纪，站在顶楼看见被遮掩的秃发，手里提了一刀猪肉和一把芹菜。眼见两老快走下楼梯，男人迎上去扶着他们。这才看见男人戴着黑框眼镜，高高的鹰钩鼻子，像是被一座大山压着，那一双黑而亮的眼睛被大山横拦着，掠去不少光芒。人是好看，做事也好看，一双漂亮的手赶紧放下手上的菜，忙着去搀扶两老。两老坐定在椅子上，脸上簇拥一团喜气："今儿这太阳，舒服，吴缘，你来了，吃过饭吗？"

"还没，来家吃。我买了把芹菜，顺带在刘老二家买了点后腿肉，你们等着，我马上就去做。"只见吴缘闪进厨房，系上围裙，很快工夫，两盘菜端至桌前。

三个人坐定在饭桌前，席间，吴父忽然说起一点奇怪的话来："这几天不知怎的，闭上眼睛，你妹妹就跑过来，哭着说她在那边受苦……""哎，老头子，都是我们造的孽啊……"吴母语调低极了，就像暴风雨中一只还未归巢的雏儿。她记得那个下午，她抱着吴故那石头般冰冷僵硬的身体……吴缘有点慌张，他事先并未听过吴故的事，琢磨着怎么安抚，谁知吴父紧接着说："过两天，你请好假，带我们去给吴故上个香。"这个建议倒是及时雨，吴缘答应下来。然后不说话了，三个人都闷在一碗香芹炒肉的饭菜里。

是的，吴家只有吴缘这个儿子，曾还有一个妹妹吴故，十岁那年淹水。吴缘是个优秀的孩子，优秀到了在海外念博士，在一个极其有名的大学，前几年每年写六封信，两个月一封，事无巨细汇报自己的生活学业。冉后来突然断了联系，不知是死是活。两老为寻找吴缘的情况跑断腿，这一路下来，眼泪流干，吴母连眼睛也想瞎了，吴父把看见的告诉她。他是她的眼睛。不多久，他也瞎了。

"儿子"回来了——吴缘没回来，天成回来了。

天成也是偶然听到吴家的悲剧，他的心已经被燃起一团火，他决定要做一件事情。在做这件事之前，天成成为上等的好人，时间已久——好人嘛，则是舍己，把别人置于自己之前，天成太太倒是最初享受这好人馈赠而喜上眉梢，谁知等发现天成原来把她置于和其他人一样的地位，她眉毛耷拉下来。从前的天成身上也是放了一堆肉的，做好事是要耗神的，加上天成太太不甘心自己的家产被天成拿去给那些不相干的人，隔三岔五闹着，太太的泪成天挂在脸上，哭给他看，天成的身子板也因此逐渐瘦削、利落、硬挺，这不头发也落去不少。但人仍是好看，精神，讨喜，一副好人的样式——天成是上等的好人，却不是上等的丈夫。

天成是读书人，他拜孔夫子，拜关公，做起好事来，一丝不苟的，严守仁义礼智信，绝不违背半分。他势必要为他们李家光宗耀祖，擦亮他们李家的牌子。难免让人看上去古板，人又漂亮，那种漂亮的古板让天成生出一种单纯的孩子般的执拗的气质。

也只有这样的显性的气质，才与那个吴缘是相近的。

成为吴缘之前，天成准备做一系列的事情——寻找吴缘的种种事情、细节，他要把"吴缘"如假包换。天成先是去学校寻找吴缘当年的班主任和同学，他要在他们回忆的世界里镶上吴缘的金光。成为吴缘，占去天成的许多时间。原本是太太日日夜夜的丈夫，因为急于成为吴缘，不得不抽身出来，成为太太半月一月的偶尔的丈夫。天成太太自是不干，扬言要阻止他，揭露他，天成以铁的决心铸成铜墙。天成太太转而言语上不饶他，他也不依她，成为好人的这条路，势必要走到底。

这天，有人告诉他，关于吴缘的更为详细的消息，可以从一个叫刘新月的女人处获得。这个刘新月是吴缘的初恋。为了吴缘，豁出去了。天成得单枪匹马地往一个寡妇家中跑。他怕风言风语，但为了一个逼真的吴缘，为了那对可怜的吴家父母，为了"上等的好人"那个发光的标签，他有事没事往刘新月家中跑，他逐渐掌握了吴缘的一切——刘新月教他吴缘的发音、说话的语气、口头禅——他日复一日地正变成"吴缘"，几乎要如假包换。

谁知家里却乱套了。天成太太毕竟眼界狭窄，面对外头的风言风语，天成有"上等的好人"鼓励着他，但太太却是徒手应对。太太上演一哭二闹三上吊的剧目，让邻里街坊看足了笑话。不管用的，天成太太心一横，坠入了牌场。"哼，你天成只管着做好人，你天成不让我好好过日子，你天成也不管两个孩子"，她也赌起气来不管那两个可爱的孩子，一天到晚，脸脏得像煤球堆里爬出来似的。饱一顿饿一顿，哭哭闹闹。

这叫什么事啊。天成不得不给孩子洗脸，回家做饭，这饭与吴家父母的饭相比，做得匆匆忙忙。"可是，与吴家父母的那种苦难比起来，自己的老婆孩子至少还活着。"这是天成的支撑，甚至支撑着他即使做"一个不合格的丈夫""一个不合格的父亲"，他也纵容着自己。

当天成第一天上门，叫吴父吴母"爸、妈"时，老两口簌簌流下眼泪，天成觉得一切都值得，他替太太和孩子原谅了自己。

后来听说，天成太太赌博被抓进局子里，两个孩子跟着也进了吴家，热络地喊着"爷爷奶奶"。三餐有了着落，天成也不用日复一日地一饰两角，妥妥帖帖狠了心地成为吴缘，连他的两个孩子也慢慢习惯了。

再听说，天成太太从局里出来时，天成跑去接她，千言万语，好似一个人要犯了大错，才熨得平各种委屈、计较。天成太太被接到吴家。一家六口，成为这个镇上的一段佳话。

这是先前听说的事。今儿天成忽然站到跟前来了，想起天成的那些日日夜夜，为了"上等的好人"的样子，那些从嘴中吐出的字句担上千斤重的感情移到心里头，让人无限地怅惘。为了床前那一尺月光，为了楼顶被褥上一寸日光，为了兴兴头头奔忙着，齐心过着日子，也不知都是为了谁。

炊烟从烟囱钻出来，半空中，婀婀娜娜，在阳光中，闪闪亮亮。谁家音响里放《好日子》，渐渐往这边来了，远远叮呀咚地，在横一条竖一条许多白粉墙的巷子间撞来撞去，撞碎了，又在人们的心中黏合起来，让人无限怅惘望着远处的云。

刚才哭泣的孩子，跟着唱起来。

世界的尽头

青年老乔头被关了三年，监狱里他脑袋循环往复的画面便是他被他的父亲打个半死——是的，这怪他，谁叫他从小就羸弱，经常生病，经常上不了学，成绩一落千丈——他的父亲对他失望透顶——不是肺炎，就是严重的过敏症，要不，就是腹部剧疼到打滚，一回到家中的床铺就好。尽管来自医生的诊断，是精神性的紧张导致身体的反应，但毫无作用，他的父亲不近情理只认定这是为了逃学而准备的把戏——这些画面反反复复在青年老乔头脑海中闪现。

这些画面是一种麻醉。这也让三年的监狱生涯倏忽间滑过。但当青年老乔头出狱后，他依然保持着一种恐惧。从监狱出来的最初的日子，青年老乔头要么躺在床上，要么就在房间里来回走动，步子很慢，像是这只脚在丈量另一只脚，两脚之间精确到厘米的距离。他习惯性地怀着一种高度的警觉，只要传来一点儿沙沙的声音他就抬起头来，竖起耳朵：是不是有人来抓他了？是不是有人在找他？像一只充满惊恐的鸟，因此总是激动，焦躁，紧张。

小乔的出生，迫使青年老乔头决心要像样地生活，他应聘汽车修配厂的一份工作。这份工作带给乔家持续稳定的生活，小乔慢慢长大。直到有一天，小乔十五岁那年，一天跟着镇上的男孩子好玩似的偷了杂货店里的冰棒被抓后，小乔被扭送到老乔头跟前，从此老乔头打小乔的脸，打小乔的背，打小乔的腿，碰到哪儿打哪儿，碰到什么拿起什么打。老乔头总觉得如果不打，小乔就会变坏。小乔因此培养出一种憎恨情绪，眼睛一堆烈火熊熊燃烧。

小乔的母亲哭哭啼啼，恳求他原谅老乔头："你父亲……终究是爱你……他只是怕你变坏。当像你这样的年纪……因为一时好玩，跟人打成一团去偷盗……被关进监狱……你要理解他……他只是怕你像他重蹈覆辙。"

母亲的恳求，加上那种充满哀伤的神情，使小乔想要捏紧拳头打出去时，这一种巨大的情绪非但没有出去，反而吞进身体里，变成一团黑乎乎的东西，夜晚就会冒出来，嘲笑他是个懦夫。有时那团黑乎乎的东西从身体里跑出去，变成一只维尼熊。

维尼熊说变就变，门窗都挡不住它，关上门，维尼熊可以进出自如。维尼熊力大无比，它可以打破、撕裂或杀害见到的一切东西，这些都发生在小乔眼前。

有一天，小乔见维尼熊当着他的面在点燃母亲的被褥，他大叫：
"嘿，放下手中的火把，你会把房子烧着的。"

这时在家的母亲才发现小乔好像是病了。带去医院，小乔的确被诊断出间歇性精神障碍。当老乔头流下失望的眼泪，小乔觉得很抱歉。他决定要和维尼熊决斗——他要把脑袋里的那个维尼熊杀死。

乔家三口住在辛夷镇。同住在辛夷镇的有个叫"花幺"的女孩，今年七岁。花幺一双大大的眼睛，总荡漾着清澈的溪水。之前的七年，父母忙着生计，她寄住在祖母家。祖母是个鹰钩鼻的老太太，念珠从不离手，即使是杀鱼或是责骂别人的时候也是如此。这个时候花幺冒出短短的句子——"鹅鹅鹅找祖母""小蝌蚪剪掉了短尾巴""蜻蜓飞过鸵鸟峰""老鼠搬走了粮食""祖母牙仙子""花幺爱祖母"……跟着念珠的节奏，花幺的句子逐渐覆盖祖母的骂声。祖母抱着花幺，说："你这孩子哟，人见人爱，把祖母这石头的心也融化掉了。"

二三月，花幺照顾的母鸡有一天趴在窝里半天不动，花幺赶也赶不出，捉它起来它低声呜咽挣扎着不肯起来，喂它食物也不吃。花幺没办法，拿出自己的零食切碎放在母鸡嘴里，母鸡看也不看。花幺哭着叫祖母："母鸡……母鸡要死了。"祖母闻声赶来，笑着告诉她："这只母鸡是要当妈妈了。"

花幺见祖母在箩筐底下铺一层厚厚的稻草，鸡蛋放在稻草上，母鸡睡在鸡蛋上。花幺哭着阻止："不行，老祖母，鸡蛋会被胖母鸡压碎的。"老祖母摸着花幺的头："傻孩子，哪个母亲会伤害自己的孩子呢？放心吧，每一只小鸡都是这么生出来的。"

花幺将信将疑，每天清晨醒来的第一件事是跑到母鸡旁，母鸡用嘴轻轻地将露在身外的鸡蛋往自己的腹翅下揽，使之完全覆于自己的羽翼之下，一动不动。花幺唱着棉花糖绵软的歌，又焦急又笃定唱着"小鸡呀，你像花一样轻柔，像花一样迷人，像花一样快点出来吧"。每天唱上一段。

二十天后，哇，蛋蛋裂开了缝……花幺唱着"春天你是月亮的光，冬天你是太阳的尾巴……小鸡呀，小鸡呀……你是我梦里的白云……你是大海的波浪"。花幺不知自己唱什么，总之她开心，她开心地唱歌表达。

花幺就像一个安排在祖母身边的开心果——她跟着祖母上山捡柴，她手脚麻利，捡完柴，她要查看附近山上的动物的窝是不是结实，遇见被咬死的小动物，她哭一会后，挖个洞把动物的遗体埋起来，选一根宽大的柴木做墓碑。上山之前，花幺会把自己偷偷留几口的米饭积攒着装进袋子，有时遇见嗷嗷待哺的小动物，她掏出口袋里的米饭喂饱它们。

快乐的日子总是短暂。七年后，花幺被父母接到辛夷镇。启程那一天，祖母哭湿了眼，她掏出念珠送给花幺："幺儿，暑假想祖母了再来。"花幺抱着祖母不撒手。"花幺不要走，花幺不上学，花幺做祖母的小花幺。""傻孩子，没有文化，就像祖母一辈子关在大山中，去吧，跟着爸爸去镇上上学。"

离开祖母的花幺，怯生生地米到辛夷镇。花幺好像失去了某种东西，从她生命里失去的某种东西——她想到了——快乐失去了翅膀，无法扑腾出悦耳的乐章。

辛夷镇上多出一个叫花幺的小孩。她安静，沉闷让她好像不存在一样。她从不和别人打招呼，紧紧地切切地一朵无法伸展的花骨朵般躲在房间的黑暗里。父母为了接她来，特意租了两居室的公寓，房租多出一倍。没有窗户，但有一个天窗，天窗上盖着厚厚的污浊，就好像没有天窗一样。

父亲是一家高档酒店的清洁工，母亲则是这家酒店的洗衣工。他们为她的学费准备着，所以轮着休息也不休，顶替请假的员工。月底发工资，除了学费、房租和日用之外，还多出一部分钱。这天，花幺的父母回家路上，突发起狂风暴雨，他们不得不找落脚地避雨。他俩躲进一家玩具店——一只漂亮的维尼熊吸引了他们的眼睛，两人来到维尼熊前，掏出领到工资的三分之一换走了这只维尼熊。

"花幺肯定会喜欢，这只熊以后陪着她睡，就像我们在她身边一样。"花幺的父亲说道。

"花幺会因为这只维尼熊而重新快乐起来吗？"花幺母亲小心地问着自己的丈夫，这个瘦削而严肃人儿。可他只有二十八岁，就负起了家庭的担子！可怜的人儿。这时花幺的父亲同样望着妻子——天，可怜的人儿，生活的重压使他美丽的妻子完全变了样——粗糙的双手，眼睛不再闪亮，像挂了一层无法擦掉的油渍。

"一定会的。"花幺的母亲因为这句话而充满了力量，她眼睛里的油渍似乎少了很多。

两人抱着一只维尼熊玩具步子有力地走出这家玩具店，仿佛他们的人生从此要完全改变的那种笃定的步子，压着地面，一个个都是极其响亮的吻。

这场暴风雨意外地把天窗上的污浊冲洗得干干净净——太阳出来了，花幺第一次在房间看见太阳——她像一颗埋在泥土中正要破土而出的种子，第一次见到阳光，那些沉入心海的曲子从海底浮出来——这时花幺的父母回到家，花幺手里捧着维尼熊——太阳光在这三口之家的头上一一拂过。

这束阳光很快移走，来到了小乔家，小乔正站在房间的窗前。每到傍晚，小乔都紧张地躲到窗户前，他害怕黑，最近维尼熊骚扰他更加频繁了，露出尖利的牙齿嘲笑他。他穿着厚厚的大衣，害怕维尼熊的牙齿，又裹上被子。维尼熊嘲笑他是懦夫，懦夫只有一个去处——去死吧。小乔捂住耳朵，他不听，不要听。

维尼熊并不想放过他，呼啸着，借着暴风骤雨撕扯着小乔的每一根神经——你这懦夫，我的手下败将。小乔冲进厨房，拿了一把水果刀。他要杀死这只维尼熊。他要杀死它，让它闭嘴。

可是，维尼熊到处变，一会在这，一会在那，小乔朝着那些东西捅去。维尼熊跑出了房间，小乔跟着维尼熊跑出房间。维尼熊跑出家门，小乔跟着跑到家门外。

花幺抱着维尼熊跑出家门，她追着阳光，她内心的曲子在涌出，花幺在阳光底下快乐地歌唱："春天你是月亮的光，冬天你是太阳的尾巴……小鸡呀，小鸡呀……你是我梦里的白云……你是大海的波浪。"

一把刀正向花幺手中的维尼熊刺来，花幺上前一挡……花幺倒在地上，鲜血直流。小乔又上去刺了维尼熊九刀。

小乔龇着牙齿, 看着流血的维尼熊拍掌, 反反复复地念着: "维尼熊, 你终于不再说话了……你不能再嘲笑我……"

孤　岛

曾经有一年，我作为实习护士在各个科室轮转。那段日子脚下随时像蹬着一双芭蕾舞鞋，立脚尖，打转，忙得像陀螺。

我几乎每晚都做梦。梦里有人拿斧头追我，我拼命东躲西藏，大气不敢喘，等那个人找到我，我"啊"一声，就醒来了。我赶紧起床，把房间里里外外检查一下，连床下也要瞧仔细，确定真的只是一场梦，我才略微把心放回去。

再等我出现在护士站时，病人已经一茬一茬地出现。我迅速换好护士服，走到配药室，先往即将要挂的葡萄糖里注射药品，再开始一系列的日常工作，譬如打针，发药，测体温体重，量血压，一一记录下来，做成护理笔记。屋里是消毒药水味，病人的呻吟声，家属的眼泪，还有就是铃声，那是病人挂点滴将要见底呼叫护士拔针的铃声。

护士站的体重器早上是最忙碌的时候，啪一下，站上一个人，记下指针数，啪一声，这个人下来，指针回复零。这看似不起眼的体重器在医院就是一道魔咒，站上去的人的体重像是被诅咒过似的，站上去的那个人在往后的日子里慢慢地被它吸干。住院久点的人，磨蹭着走到体重器跟前，站上去之前也常常要踌躇一会。

李烈，瘦得像剥了皮的小树，差不多每天早上都最晚来称重。他总有各种事情对护士解释他为何晚到。但那对深而很黑的眼睛，澄澈的眼睛，像一湾见底的清泉，世界上的人都知道他在撒谎。但没谁拆穿他。

大约是不忍吧，去搅动那一湾清泉。

当每个病号的体温、体重、大小便次数等被收集齐，这时就要迎来一阵洪水般紧张的浪潮，浪潮中吞噬着恐惧和希望。这是病房每日清晨的例行的公事——查房。几个穿白大褂的医生一齐进来。除李烈以外，所有的病号都安静地等候着医生来巡诊，连上厕所都拖着不去，等着医生对自己的病情说一声。

在激荡的浪潮中，李烈仍是那湾静静的清泉。他似乎对自己的病情挺不在意。一直不在意。他知道自己的人生是一个写好结果的剧本，他跟着演就是了。剧本是这样写的——起初是喉咙发痒，要咳一下就能稍微缓解，再就是喉咙里像有一只蚂蚁在爬在钻洞，渐渐地是一群蚂蚁了，他必须猛烈而频繁地咳嗽，他决心要把蚂蚁咳出体外。紧接着一系列的检查之后，他被送进这座孤岛上来。他把自己的历史毫无所藏地公示于整个病房。他的祖父和父亲，还有他的姐姐都因肺癌死去。他谈论死亡就像唱歌似的，分外轻盈。他的声音很轻，但在护士站却能听到。

癌症本来是病房所有人忌讳提及的词语，但李烈每天早中晚都要提上一遍。"我告诉你们，这是老天告诉我的启示——我们以为的生命是假象，上天每天都跟我说——时间顺序对不怕死的人毫无意义，死亡只是一个插曲。但凡进入我的记忆的，人就存在，死亡撼动不了什么。"周遭的寂静有它独特的共鸣，抹平每个音节，空空荡荡。

李烈想起爷爷临死前告诉过他："孩子，死是一件礼物，这一生虽然只有六十年，爷爷每天都以死的心在生活。一个人若敢死，才会好好地活。贪生怕死之徒才会被收进黑暗的袋子。"

查房的医生们这股浪潮流到聂汝常跟前。只见聂汝常把两手叠放在感到呼吸困难的胸口上，眼睛凝视着天花板。医生来了，他转动两下眼球。他几乎只是一具骷髅了——腮骨奇异地耸得老高，像是两座年久失修的古塔，稀松卷曲的山羊胡子后面是尖下巴骨。他的耳朵薄得像一层薄薄的窗纸，一阵稍微大点的风就能吹破。他只要再收缩一点点，便会成为一具棕黑色的风干木乃伊。

医生询问他情况，他摇摇头又点点头，点点头又摇摇头，问不出什么来，一旁的我补充一两句："他这两天不咳嗽了。"

医生们转到第六病房，病房里的刘刀担心肿瘤着凉，就把脖子裹了起来，坐到墙边。他一见医生进来，就嚷着，抱怨着："这怎么行，你们这些服务人员。说起来这简直让人不敢相信，如果我的肿瘤长大，我一定要告你们，你们玩忽职守，我从昨天下午三点到现在，甚至连一个人也没有来摸一摸，谁也没送药来。你们这群服务人员，怎能把病人当傻瓜。"

张麻仁此刻正在睡着，刘刀大喊大叫也没把他吵醒。他总是夜里犯疼，额头和两鬓沁出汗珠，体内的阵阵疼痛让他不得不呻吟。没人愿意和他同一个病房，刘刀也是因为其他病房已满，不得不安排在此处。张麻仁临到早上才能眯着一会。窗台上和床头柜上散放着他的东西，被褥也乱七八糟。

我紧跟在医生们的后面，记录医生们询问的事宜，笔尖嗖嗖地落在纸片上。

整理各种记录，填好护理笔记，是每天下班前的工作。护士站的北边有扇窗户，当我快速地整理笔记时，忽然一抬头看见天空中挂着浅浅的月牙，带着点冰凌似的一钩儿浅金。这是一个特别的傍晚，太阳也没落到山底去，一只乌鸦在那条光儿中嗖地飞过去，极快地消失，一声凄惨的叫声像是针扎着我的神经。

我心里升起一个声音，咆哮着："这是一座孤岛。"

这座孤岛隐去了他们的符号。不管是医生、护士还是病人，都被统统换上特有的白色服装，谈不上什么款式，都是那么肥肥大大，每一件都足以把任何程度的胖女人裹起来，袖子也是毫无式样的肥筒子。不是真的肥大，是受疾病折磨，他们日渐消瘦，孱弱得如同风中的蜡烛。

这是一座孤岛，死亡之岛。每个人独自面对。

这座孤岛又连接起他们共同的命运——等待手术，把癌细胞切除。这座孤岛里，得了癌症，是上辈子做了亏心事的报应，他们大都如此认为，因为他们没法解决这个问题——他人不得偏偏自己撞了霉运。他们从一开始木然错愕，无法接受，到情绪洪流爆发，成天抹泪打电话，哭天抢地，渐渐他们接受了事实，偶尔脸上有几片笑容，说点不着边际的笑话，甚至来了新的同盟，他们也会做做人家的工作。

我独自在这个孤岛见证着这一系列的转变，已一百零七天。

住到这座孤岛上的人，从正常的生活中逐渐剥离过来，一颗不知从哪飞来的种子驻扎在这孤岛上，长出根系来。听说起初聂汝常住进来，隔三岔五有人来探病，各个谄媚着安慰着"您安心养病，过一阵子就回去了。像您一定会洪福浩荡"。谁知，聂汝常的根系长得浓密，已是一棵小树。是的，聂汝常住在这里已第三年。

有一天我下完小夜班，两点交班时，我站在护士站的桌子前把交班前的记录一一写下。一束月光恰好照到誊写的纸上。忽然听见一声声"护士，护士"悠长，颤抖，有腔有调。我放下手中的笔，快步走过去，居然是聂汝常在说话。在这之前，他已经失语三个月了。他说自己看见窗外跑进来一个人，拿着剪刀，要取走他的性命。我把他床头的灯打开，他的手鸡爪子似的极其干瘦。"护士，能帮我给家里打电话吗？电话在抽屉里。"我按照他的指示，拿出电话，拨了他老婆和儿子的电话，嘟嘟嘟，"电话已关机"。

聂汝常的眼睛挪到天花板，像有朵白玉兰在那儿似的。"没事了，护士，你走吧。""我在这陪你一会吧。""不用了。"他的眼睛鼓胀着，仍盯着天花板。我只好走出他的病房。正走出房门口，深蓝的玻璃上现出奇怪形状的小白魍魉的剪影。

好像真有什么东西蹿进来。我吓得身体一阵阵的虚汗冒出来。

医院在这个点是寂静无声的。四处都关上了灯。黑暗中白色浸上来，更像一座孤岛了。

第二日，听见他死掉的消息，听说死前眼睛瞪得大大的。

他的死去，就像秋天的树叶从风中吹落。他很快被挪到太平间，直到死讯发出，聂汝常的老母亲才得知，赶着见儿子最后一面，白发人啊送黑发人，老母亲哭倒在地，不省人事，也去世了。

半天后，聂汝常住过的床铺上填满了新病号，十五岁的孩子，叫鲁垒，他住进来的时候，家人搬来一个书架，摆满了各种哲学与文学书。他像一只小猫，蜷缩着一条腿在看书，其他什么都不在意。不是睡觉和接受治疗的时间，他基本上都在看书。

他仿佛是来度假似的。

现在他看的是《牧羊少年奇幻之旅》，这本书很旧了，封皮卷着边。猜想他无数次翻开过了。等到每天的一日三餐，他挑挑拣拣地往嘴里放一口饭、再一口菜，秩序从不出错，低着头，也不和谁交谈，眼睛不看任何地方，直到把饭吃完。

这天早上起床，鲁垒十分认真地辅好了自己的床，笔挺的，没有一道皱褶，没有一个小坑。他坐在床旁边的椅子上，两脚垂地，低头看着一本书，阳光透过玻璃进来了，恰好打在他的脚上。

一封未寄出的信

旺男出差的频率由一周五天，变成一个月只回家待两天。

青禾有怨言，也不至满腹牢骚。克己、独立，青禾一向追求。青禾努力度过一个个持久空旷的独居生活。青禾也并非寄生，她只是一个不太有用的自由职业者。

按照惯例，青禾有个重复的动作——要反复确定门是否锁实，临睡之前反反复复检查好几遍。青禾找来一根木棍卡在门后。青禾也偷偷地在床头柜上放了一把匕首。好像拥抱能够减轻被害妄想症，所以旺男不在家的日子，青禾经常搂抱枕头睡下。但寂静很快将她吞噬。她总是梦见吊灯摔下来，躲在阴影里的蜘蛛忽然变得巨大，朝她爬过来。天，原来是噩梦。青禾头皮揪得紧如绷直的弹簧。每天都会被这个噩梦吓醒。

一天夜里，青禾又梦见蜘蛛要吃掉她，她被一阵急促的门铃拉出了噩梦，接着她听见粗重的呼吸。青禾恐惧地抓起匕首就悄声走到门后，等待接下来门外的声音。紧接着门锁在动，被粗暴地晃动了几下。青禾打了个寒战。全身一颗颗鸡皮疙瘩像春笋般冒出来。某种程度上青禾患有被害妄想症。青禾有一种遇见痛苦自动身心体验一次的能力。更甚的是，青禾还恐惧"听说"两个字。青禾觉得"听说"这两个字就像幽灵，什么狗血恐怖或者令人发指的事一经"听说"就好像移到了她跟前。

青禾想着如果门外那个人有进一步的举动，她一定给他晾出匕首把他吓退。在保护自己上，青禾宁可玉碎。谁知脚步声正往楼下走去。青禾松了一口气。重新回到床上，没敢开灯，窗外的皎洁明月正好把一束光照到一张老照片上，一张侧面照，浓密的长发天然弯曲，就像秋日卷曲的叶子，樱桃小嘴，浅粉的双唇，眼睛里自带有胆有识的锐利。那年青禾十六岁。

青禾审视起自己的人生——她从小城过来，踮起脚尖想要够上一个艺术院校。她所在的小城，是一个从未见过艺术展的小城。她的父母更不知艺术为何物。可有一天她往艺术的世界里狂奔。艺术，对许多人而言，是一种近乎浪漫式的狂想曲，城里人从事艺术的也凤毛麟角，而她独独从远山的泥土中走来。

有人嘲笑她问："你配吗？"

在襁褓当中，有个声音告诉她，你将走到很远很远的地方去。是的，这句话是她生命中的救命稻草。

青禾一直也没回答问题。而事实上青禾日后的人生都无时无刻不在回应这句话。

第二天，旺男拖着一袋子换洗的衣物回到家。旺男一见青禾，张开双手去抱她，她整个身体柔软如雪，像一团呵在手中怕被吹跑的棉花。他温柔地对她道歉，并让她收拾一下，他买好车票带她去看海。

旺男笑起来有个迷人的酒窝，整齐洁白的牙齿，看人的眼睛是温柔的，但温柔之后有着某种隐藏的向后退。他不倚靠别人递来的安全感，事实上他能够熟练处理各种喜怒哀乐，更令人惊叹的是，他有着近乎狂热的某种自律。那种自律背后，她看见的是一股强大的能量。

十一年前，他倚靠超强的自律，考上最有名的大学。他们相遇时，他还是学生。他们相遇那天，青禾刚从一堆考试书籍里溜出来，她得到了一个地址，有人介绍一个朋友给她认识。当青禾穿越整个学校，她走到他宿舍门口，喧闹声从紧闭的房门的缝隙透出来，她本能往回退。可是他推开门，请问，你找谁。接下来所有的心都会被眼前的这个男孩盘踞，当时青禾并不知道。

你爱另一个人，爱他什么？

青禾对旺男说："我们刚逃离的城市，天气预报说此时正乌云密布，电闪雷鸣。"

"噢，那正好错过。你一向害怕雷电。"

青禾没有续接，空白，她有点不太习惯突如其来的空白。青禾的恐惧有很多，电闪雷鸣是其中之一。青禾原本想谈一谈这个话题，但转念一想，这对她的恐惧也没有多少作用，谈完仍旧恐惧。

他们正坐着一辆绿漆列车，经过唐山、滦县、秦皇岛、山海关……每一次火车报站名，青禾会在心里轻轻重复一遍。

一路上，旺男工作电话一个接一个，最后电量耗尽。好了，终于关机。青禾以为他要凑过来说点什么以打发这漫长的旅行。然而旺男扭过头望见窗外。青禾等待旺男说什么，静气凝神地等，一分钟，两分钟，三分钟……呼吸声传来。

青禾又回到自己的世界，习惯性地打开自己的世界，一个人蹩在其中。

她在她的世界，开始一封长长的信，写火车上形形色色的人，写遇见的湖泊，闹到人无法闭眼休息的孩子，她甚至在心里写了一首短诗。

但这封信，要寄给谁呢？

列车疾驰，风景迅疾地甩在身后。就像一个人的过去，被时光远远甩到记忆盒子里，有些连记忆盒子也装不下被溢出，溢出的后来了无痕迹，好像就没发生过一般。

青禾抬头看见角落里藏青色的行李包，表皮有油脂浸染过的痕迹。青禾忽然一阵恶心，她赶紧把目光转移到别处。一身黑衣罩成一个隆钟的妇女从青禾跟前走过，负担过重走起路来特别慢，青禾看见阔达如平原的背影。

门冬不知怎么突然从记忆的河里浮出来。她与门冬算发小。门冬在她结婚后，与一个女子结了婚。这其中的情形，门冬对她闭口不谈。她与门冬的妻子有过照面，非常短的照面，也就两三回。撞见之后，搭讪两回，又急急地走开。她也不知道怎么没能与门冬的妻子成为知己。

如果没有嫁给旺男，她的命运会是怎样。

正当青禾思考这个问题，旺男睡梦中抽搐了一下，陡然把她拉回来，她重新回来了。

这时候，列车刚好停下了，一个女人突然大声嚷嚷，她那睡着的孩子不见了，她只是去了一趟卫生间，是的，上卫生间的时间有点太长。车厢内马上炸开了，一个个沉睡的脑袋好像孵出的小鸡纷纷探出头来，定了定，才恍然听见有个小孩不见了。

列车员来了，那个女人扯开嗓子，语无伦次地说她上了一趟卫生间出来，是的，时间长了一点，但这都因为便秘。孩子会不会被别人带走了，糟糕，对坐的人已经下车了，会不会就是对坐的人带走的。对坐的人跟她攀谈过孩子叫什么名字，哪一年出生，小女孩长得可爱之类。

女人几乎断定就是对坐的人把她的孩子带走了。列车员安慰着说已经报了警，出站口正在盘查出去的人有没有带走她的小女孩。她更加凄厉地哭泣，失控地哭诉自己悲惨的命运。

晔男仍然睡着。晔男若是睡起觉来，他的睡眠之外，永远是一个无声的世界。这点青禾羡慕极了。她长久经受失眠的侵扰。经常当太阳升起时，她还在清醒，停留在努力入睡的途中。晔男睡着的模样真好看。

"小女孩在这，小女孩在这。"

人群中有人大声喊，人们循着声音望过去。她也望过去。那个丢失孩子的女人狂奔过去，朝着小女孩打："谁叫你乱跑的……谁叫你乱跑……你不知道这是个可怕的世界吗……小偷骗子到处都是……到处都是拐卖孩子的……"

小女孩含着眼泪，任凭母亲的手噼里啪啦地打来，她抱着母亲的腿，弱弱地说："我去找妈妈了。"

女人收住了这打人的阵势，又摆出一副良母的模样抱着小女孩，哭哭啼啼地说她差点吓死了。小女孩伸手去擦母亲眼旁的泪。这过分的懂事让旁人受了感染，偷偷啜泣。

青禾调整了因为小女孩事件而紧绷的身体，重新回到自己的世界，想重新捡起来继续之前所想，可都忘光了。算了，不用寻找蛛丝马迹把突然的断裂找回来。

青禾决定不去回想。两天之后，她又要回到那个世界里去——她在外面写作，他全世界飞着去工作。这两天，是多么珍贵的两天。他们从现有忙乱的生活抽离出来，去海边小城住上两个晚上。

喇叭声中叫道"终点站到了，请旅客们下车"。他在最后一刻终于醒来。

他们急忙下了火车。火车站里密密匝匝的不透风的人群，拥挤得如巨浪涌向窗口，他们一不小心就被冲散了，青禾一下傻眼了。还是他眼尖把她从人潮中捞出，然后她紧紧地拽着他的胳膊，青禾想，抓着他，紧紧抓着他，天涯海角。

恰遇这座小城举办啤酒节，这也是在的士车上听当地的司机讲的。出租车师傅开快车穿梭在雾城之中，他心中了然一幅活的地图，仿似腾云驾雾般迅即。前面红绿灯有人，他踩着刹车稳稳当当停下。

他们抵达酒店的大厅，入口一排丝绒长沙发，坐满了人。青禾也坐在那里，无辜地等待早已经订好的房间。密集人群不断地涌入，这个海边小城膨胀起来，变得臃肿，连酒店都可能挤不进去。

海边小城无时无刻不提示这是在海边，连躲进酒店，正门口的位置也摆着装满夏威夷风情的泳衣泳镜。酒店里穿着比基尼的女孩镇定自若，仿佛仍然在海岸的延长线上。

青禾的眼光扫过人群，一个个脑袋她一一辨认，不是他，也不是他……哦，旺男游到海的那边去了，正从海的那里游来。青禾定睛看了一会他，就像心满意足看着自己的战利品。旺男理了平头，脖颈那里有一片发红的区域，他肤色太白，为了显示阳刚之气，他常搭在太阳底下暴晒。这一点上，他们总是有分歧。青禾喜欢肤白明眸的男子，有一双酒窝，望起人来看得见心底里的深情。而旺男往健壮阳光上走，丝毫不顾及她的感受。旺男说一件事情我得先喜欢，至于别人喜不喜欢那是第二位的。旺男的谈话与性格很像，直接不需要转弯。

当初的旺男全然不是这样，至少是温柔的，照顾他人。这些年的事业锤炼了他更加锋利的气质，像是一把利刀。好像写字楼里盛产这样的人。以结果为导向，并且咄咄逼人。

当然旺男柔情起来时，也会一把拉住青禾，弯进他的手臂。

倒是旺男偶尔感叹："这些年我做的最对的事，是不让你成为与我一样的人，被社会无情地修理，成为不快乐的人。"

青禾微笑地回应："谢谢你噢。"

青禾想到他护着自己不被无情的社会修理，她在心里对着海的那边轻轻说："我爱你哦。"

整个是一座雾城，没有月光，只有密不透风的雾气。那句"我爱你"回荡着，穿透整个雾气，笼罩在他身边。

"我爱你噢，我爱你。"就像青禾在轻轻歌唱。

旺男讨厌口头表达"我爱你"的肉麻的情话。旺男特别务实。

务实到情感是真正行动上的表达，而远非语言。就像这次晔男带她出门，也是她有一天说，对于内陆长大的孩子，海洋是件乐器，你双脚踩在沙砾上，风吹过来，潮汐一涌一退，提起来的声音，就是海洋的声音。

晔男务实地带着青禾就往海走去。这就是他表达感情的方式。

海岸线外，宛如冰窖里拿出了整个海洋，人儿簇拥着既不下水，也不走。她顶着奶油色的雾，身后的山啊树啊，前方的海平面，岩石丛啊都拢在密不透风的雾里。

有人给青禾发简讯，那时候，他正穿着游泳裤泡在海水里。旧日的朋友主动谈到她写的小说，人家依然批评小说写得不好。青禾没有忧伤。令人惊讶的是，她没有忧伤，没有争辩，没有让心情一落千丈。当然曾经的她是一个很容易被外在的一个哪怕轻微的评论狂风暴雨般影响的人。人们还停留在这个时候的她的阶段，连她自己也以为是。

青禾清楚地知道自己写作上的问题在哪。是的，人物性格与语言的塑造，以及叙述的张力与节奏不对，好像还在写小说的门外。多想得到这门密林绝学。也许有一天将得到它。并不着急。对，人必须要有耐心。

"下不了水，我们坐船去海中央看看吧。你一直想看海，总不能悻悻而返。"

青禾点头之后，晔男很快找来一叶小船，两人全副武装后划向海中央。旁边也有一叶小船。相约着往更深的海域挺进。

起初大海风和日丽，很快天空收起温柔的样貌，突然发起怒，一阵阵可怕的呼啸声撕扯着海中央的皮划艇。波涛一个个掀起，一个比一个高。

"不好，我们要往回划。"

青禾坚定地说："好。"

不远处的小船也在往海岸边划。波浪无法无天，翻得又高又急。每个浪都可能让小船倾倒。

小船上的女人被一个大浪打进了海里，惊慌地尖叫，对于突如其来的大浪，她露出了死亡般的绝望："我不会游泳，救命，救命……"

晔男扭头问青禾："你还撑得住吗？"

青禾点头。

晊男下了一个决定，青禾用眼神认同这个决定。

波浪一阵阵掀起，晊男和青禾默契地随着波浪的节奏起伏，很快靠近失水的女子。青禾一把拉住胡乱扑腾的女子。女子抓住救命的稻草，大海呼啸着，青禾大声喊："别紧张，抓住我的手，你上来。"

晊男一旁补充："不要慌神，不要慌神，心要镇定。"

晊男小时候祖父告诉过他——遇大事，生与死之间只隔着一件事——神是不是慌掉了。

女子很快镇定下来，听着指挥，爬到了晊男的小船上。坐在小船上，就像坐在一匹狂蹦乱跳的野马上，每一分钟都有葬身大海的可能。

三个人务必在与大浪的对决中找到生命的空间。当浪花每次从空中俯冲下来，小船就必须跟着跳一次，而且是临空一跳。海浪席卷着整个海的力量化成一个个巨大的巴掌打在船上。他们的脸都煞成灰白。三个人的神经都被劈成两半，一半在如何找到浪的节奏与海同舞，一半在如何保持镇定，稳步朝海岸这边划去。

又一个巨浪打过来，好似大海张开巨大的口，咆哮着，要把这些蝇肉扯碎了似的。他们居然在这个巨浪中挺了过来。

身后的浪一个个弱小了，大海收起它的狂暴，就好像一头发过怒后的狮子顿时瞌睡了，海渐渐平息了。

他们三个闪着泪花，相视一笑。

青禾结束那封信。

那封长信的末尾是这样写的——点燃这生命之爱的，不是日常虚与委蛇的关心，而是在整个岌岌可危的危难中，如何保持慈悲与坚定朝生命之海驶去。

那封信是寄给大海的。

青禾把信丢进海里。

寓　言

灵魂苏醒术

母亲桑怀声音微弱，云巫凑在她的耳边，桑怀尽最大的力气跟她唯一的孩子告别："神明召唤我去远方……我得马上起身了……"云巫哭泣，抱住母亲桑怀，请求母亲不要走。这边神明催促着要赶紧上路。

弥留之际，桑怀的眼神滑落下去，她尽力睁开眼想再看一眼她的孩子，但候在一旁的神明已不耐烦："孩子……我要走了……"余音未落，神明把桑怀化为一阵青烟，这团青烟紧紧围绕云巫旋转，最终浅浅散去。云巫绝望叫着"母亲……"，哭得昏死过去。哭声让太阳听见了，太阳难过地藏进云朵后。唰，雨落下来。

不知过了多久，迷迷糊糊间，云巫听见一个声音："醒醒，云巫，快醒醒。"

声音在说："孩子，为了我们母子还能相聚，我把神明灌给我的孟婆汤打翻了，神明惩罚我将把我撕成一片片。云巫，你去找一种'灵魂苏醒术'，把我的每一片灵魂都找到并拼凑完整，我才能再次回到你身边。"

等云巫揉着眼睛，一团上升的烟雾中浮现出母亲的容貌。等睁大眼睛要看仔细，那团烟雾倏忽间不见。云巫怅然，但他脑海中出现"灵魂苏醒术"，振作起来，云巫，去找"灵魂苏醒术"。

云巫白天和夜晚，吃饭和睡觉，无时无刻不被"灵魂苏醒术"填满。可是去哪儿找，这是横在云巫前面的一条巨大的河流。与其胡思乱想，不如启程出发。透过残破的屋顶，他看到星星在闪烁。借助星星之光，他收拾行李出门，带上父亲去世那年，母亲为云巫做的一个取名叫"布吉"的布偶。

晚星挂在天幕间，云巫走出村子。他回过头去看一眼这个生养他的村子。天河那么清楚地显现，仿佛有人把它擦洗过似的。村里的白房顶，烟囱冒出来的一缕缕烟，披着重霜而变成银白色的树木和藩篱，都看得清清楚楚。

这时，仿佛有一种神秘的力量呼啸着，有个声音响彻在村子的上方，正朝他冲撞并露出可怕的獠牙："当一个灵魂被世界忘记，我要卷走它所有的芬芳。"

云巫吓得飞跑起来，叫声那么响亮，那么凶猛，仿佛他的每一条神经和每一个细胞都充斥着即将要被吃掉的危险。云巫的膝盖开始哆嗦起来。一不小心云巫摔倒在地。

当云巫苏醒时，他看见花草丛生的草甸子，栀子叶子的深绿，跃升花茎部的浅绿，嫩草的宝石绿，苍耳的苍绿，它们正在春风中窃窃私语，不同的绿在大自然独成舞曲。植物们都是自闭者，直到它们遇见火红的一团亮光，它们伸展，它们举起杯盏，在舞会上笑声朗朗，它们热烈交谈泥土的芬芳和黑暗的安抚。

云巫看得忘记了一切，一种无法描述的喜悦从心中升腾。

这时云巫感觉到脚上有痛，他低下头，掀起裤子，一只蚊子正咬他。

他看着蚊子，等蚊子吃够了，松口。

蚊子忽然说话了："你是第一个让我安心吃饱你的血的人。之前，我从人类的身体取得食物，每一次我都是心惊肉跳，警觉着吃每一口，因为一不小心我就可能命丧黄泉。"

云巫笑着答道："你尽管吃饱吧，我不会伤害你的。"

云巫想起母亲桑怀曾告诉他，是天使，才会安排你用身体喂养小动物。

这时，云巫想起了自己的守护天使——布吉，突然发现布吉不见了。云巫蹦地跃起，一边走一边向蚊子告别："我的布吉丢了，我要去找回布吉。"

"布吉是谁？"蚊子嗡嗡地问。

"它是一只布偶。"

云巫跑了很远，可是没有找到布吉，他伤心极了，虽然母亲不在了，但布吉就像母亲的延伸，有它在，好像母亲就一直未离开。现在布吉也丢了。可是他忘记了来时的路，放眼望去，布吉在哪里？

云巫多希望布吉能听到他的心声，能发出声音告诉他在哪里。

云巫颓然地塌下来，他感到母亲桑怀正从他的身体里一点点剥离，不，他要阻止这种剥离。"灵魂苏醒术"钻进他的脑海，与丢失布吉相比，还有更重要的事。他扭头又往前走。这时，一个背着铁锹的农人正迎面走来。

云巫上前求教："你好，非常冒昧向您请教，请问您知道'灵魂苏醒术'吗？"

农人哈哈大笑："我从没想过这世间还有灵魂苏醒术，我只知道土里的麦子会发芽。"

云巫："麦子发芽，宇宙间是不是专门有一个灵魂去唤醒麦子的灵魂？"

农人："很抱歉我不知道，但我告诉你，也有不会发芽的麦子。"

云巫："这样说，不发芽的种子的灵魂死掉了，所以宇宙间的灵魂再怎样呼唤，也会唤不醒一颗死灵魂，对吗？"

农人点头："是这么回事。"

云巫失落地垂下眼睑。

农人又说："不过，也未必都是这么回事，有的种子第一年的春风叫不醒它，第二年的春风叫不醒它，甚至一百年了，春风仍然没有叫醒它，以为它的灵魂死掉了，但也许第一百零一年的第一束春风来时，它会苏醒，并且钻出地面。"

云巫向农人道谢并告别，农人在云巫临走之前，告诉他可以去找夸克，也许夸克知道答案。

农人补充道："我也没见过，但我的祖父见过夸克，夸克是一种神鸟，这种鸟的叫声就像'夸克，夸克'……这种鸟平常不轻易叫，它一叫，太阳就要落山，大地就一片漆黑，什么也看不见了。夸克能把太阳收走，它一定知道你要找的东西。"

云巫还没有得到答案，继续朝前走。他走得筋疲力尽，太阳在远处扑通掉下去了，云巫想起"夸克"这个神鸟。他对着远处大喊："夸克，你在吗？"

山谷回荡着"夸克，你在吗？"，云巫又继续大喊，山谷依然回荡云巫的声音。

云巫走不动，随地坐下，随手采了浆果往肚子里塞。食物匆匆滑过云巫的喉咙，他太想吃饱以至于忘记了食物的味道。"我需要慢下来"，念头一启动，食物的味道立刻出现在他的嘴里，多汁的肥甜的浆果味儿。

云巫想起这之前，他渴了喝小溪里的水，越着急品尝出水的本味，他的大脑就释放出一团黏液阻挡他的舌头感受真正的水的本味，让他喝下的水呈现苦味、腥味、甜味。他迫切清洗头脑的黏液，困难重重，因为当他发出"迫切"这个念头，黏液即开始成形。

不远处一阵乌云似的"风"朝云巫这边过来。是那只蚊子率领着千万只蚊子合力为云巫送来"布吉"，当飞近了，布吉出现在云巫眼前，蚊子们把布吉交到云巫手上，云巫落泪了。

那一刻，他明白了母亲桑怀告诉他的，在宇宙间，天使才能遇见天使。

云巫把布吉小心地收好，并向千万只蚊子道谢。那只吸过云巫的血的蚊子答之："那次你用身体喂饱我，当我知道，你在寻布吉，我想着为你做点事。是你先发出的情意，才遇见了我的情意。"

蚊子说完，嗡嗡嗡，那一片"乌云"像飓风似的，飞远了。

云巫握住失而复得的布吉，继续寻找"灵魂苏醒术"。不知不觉间，他翻过一座山，站在山顶，他看见山脚有一座城市。他从母亲口中听说过城市，母亲说城市住着恶魔。云巫的父亲不甘心做农人，千辛万苦走到城市，为富人家喂马。临到年尾给工钱，富人却栽赃云巫的父亲偷窃，把家里的狗饿几日，饿狗见人就咬，云巫的父亲被咬得遍体鳞伤，拖着受伤的身体死在回村的路途。

云巫在想山脚下的城市是否是住着恶魔的城。但夜幕开始降临，云巫决定入城看看。这座名叫"南国"的小城，夜里死神在城里逡巡。几家窗户内有光照耀，在楼顶泛着红光。死神根据生死簿上的福与祸的计数，正派手下将时辰已到的人带走。手下们撞开窗户，吹灭了红光。小城在黑暗中战栗，时辰已到的人在黑暗里发抖，他们的家人在黑暗中啜泣。

黎明像个粗暴的拳头，把死神及其手下打跑。

云巫在黎明中醒来。这时两个又粗又壮的影子逼近他。云巫抬头看见是两个壮汉，如同密不透风的墙挡住他的去路。

"嘿，你风尘仆仆，一看即非本城人。"壮汉之一盘问云巫。

云巫看见壮汉凶恶的眼神，心想母亲的话没错，城市住着恶魔。可他无法逃跑，只能诚实回答："我来寻找'灵魂苏醒术'。"

其中一个终于停止狂笑，忽然认真地对云巫说："要想在这个城市里生存，必须把灵魂卖给富人。"

另一个补充："要灵魂有什么用，我们刚把灵魂换成这美味的酒。"

两个人嘻嘻笑，扯开别在腰间的酒袋子，往嘴里倒酒，两人像是完全忘记云巫的存在，一边喝酒，一边朝城门外走去。

云巫本以为遇见坏人，提到嗓子间的心放下，继续朝前走。小城内各种各样的铺子，售卖琳琅满目的商品。云巫看见乘坐漂亮马车出入的有钱人，他们穿漂亮的罗绮，趾高气扬地横行。铺子内的商人叫卖着商品，云巫仔细观看那些卖出灵魂的人不同之处。

云巫还未反应过来，老妇人问："嘿，你的灵魂要换什么？"

云巫听见"灵魂"两个字，眼睛发光："我想知道，灵魂苏醒术在哪里？"

老妇人非常不悦："这座城里都是售卖自己的灵魂的，从来没有人问过'灵魂苏醒术'。"

老妇人慢悠悠地说道："那些忙于赚钱的有钱人，为金钱而劳碌奔波，忧虑不安。那样的过度富裕，是一种微妙的疾病。得了这种病的人迷失在金钱和欲望里，看不到真正的宇宙星辰，像是沉水入火，不停往下坠。他们的灵魂就呈现赤黑色。但天堂之门为金色的灵魂而打开，因此他们需要购买金色的灵魂来修登上天堂的梯子。"

云巫："如果干净的灵魂能够入天堂，为什么有人还要卖掉它？"

老妇人："人们在生时，很少想到死这件事。"

老妇人顿了顿，继续说道："他们不断积攒，他们害怕蒙受损失，每日查看自己的仓库、货物数量和金钱。他们害怕死亡，尘世攫住他们，享乐、贪婪、无所事事。这真是错上加错，抹布上面又落补丁，他们自以为握有财富，其实却不知自己被关进财富的牢笼里。欲望与诱惑如同一个个旋涡，他们无法抽身。生命就那样被些鸡毛蒜皮的事给一点点消磨掉。"

云巫忽然升起警觉之心。长路漫漫，如海上行舟，若无一颗坚定的心，如海浪卷来，瞬间即被海浪冲走，淹没在欲望的海洋。

老妇人见云巫陷入沉思，想再说两句："当一个人遇到强大的外敌，强大到能轻易像捏死蚂蚁捏碎你的骨头，强大到一发力就能把你的身体捏碎，这时人可能被激发出前所未有的潜能战胜外敌，从而将人生置于新的境地。但那些这些鸡毛蒜皮的小事，悄无声息地把一个人的生命活吞。因为太小太轻，当事人浑然不觉。这就是人类的悲哀。孩子，我只能告诉你这是灵魂保养术，至于灵魂苏醒术，你需要自己去找。"

云巫十分感动："好的，非常感谢您告诉我这些。我身无分文，我在想如何向你表达我的感谢，现在我身上唯有这个布偶，这是比我生命更重要的一个布偶布吉，现在将它送给您。"

老妇人答道："诚意是这个世界最昂贵的礼物，我已收到了这份礼物，至于布吉，它对你来说，比生命都重要。但对于我，它只是一个布偶而已。布吉你带走吧。"

云巫见老妇人收下他的诚意，并拒绝收下布吉，更加感动了，再三地表达谢意。

云巫带上布吉准备重新起程，告别时，老妇人告诉他："孩子，教你一个方法，要看见灵魂，你可以试着每次都静静地坐下，观自己的呼吸，聆听一个内在的声音，它会说：更加静默。一旦你看见自己的灵魂，你的体内就会出现一道强烈的光，像是太阳把厚厚的乌云的肚腩刺破。"

老妇人又补充道："这样只是一部分，还需要在万物之中，找到光芒相汇，形成一股巨大的灵魂之光才能把另一个灵魂叫醒。"

云巫再次深深鞠躬行礼，带上老妇人的告诫告辞。老妇人颔首微笑看着云巫离开。

就像向水中投掷一个小石头，小石头会找到沉向水底最迅捷的路线。云巫有了老妇人的指导，云巫找到了一个入口。他知道自己将往哪里行走。这个至关重要。

当云巫关注到自己的呼吸，一呼一吸，世界开始变换出一种他之前从未见过的模样——丰收的谷堆，在谷壳和麦秆中的大山，一颗麦粒拥有双脚和翅膀。太阳不一样地升起。月亮进入不停变化的光明。他看见世人如无知的孩童，为了微不足道的享乐和无足轻重的荣誉而经受痛苦。他看见众人为了一点利益而彼此憎恨，彼此伤害。

云巫也看见一个人被绑在树下，旁边燃起熊熊大火，另外一群人正提出如何更好地折磨这个人的办法。云巫感到烈焰从他身体涌起，躁动不安。

云巫看见一只猫头鹰，发出凄凉的尖叫。云巫听见了每一声尖叫的音符收尾时的颤音——"呜——咕咕"。

云巫听见黑暗正狂放地炫耀，它一心与光明争个高下，它试图证明在它的领地，也可以结出果实。云巫还听到不远处庄稼里土地舒展的声音，种子噼啪啪啦，枝丫从树皮底下破皮钻出的声音，像是裂帛撕开。也听见遥远的九月果实成熟的声音在远远地朝他耳朵奔来。云巫知道，现在只是四月，大片的浆果的花朵刚开始像海啸般怒放。有些枝条不堪重负，忽然从脆弱的枝节处跌落下来。

云巫还看见一只蜜蜂，将上百个蜂巢填满蜂蜜，这只蜜蜂要来来回回几千遍。这千万遍的来回发出的声音，就像一首果实的安魂曲。

云巫观察到世界真实的样子，并不恐惧也不厌倦，心底那条河流始终平静流淌。这时，一道巨光从河流照射出来。渐渐地，一个人浮现了出来。

母亲心满意足对他微笑，并赞赏他："孩子，你终于找到灵魂苏醒术，并且你知道怎样保护灵魂不受腐蚀，如何让灵魂住在圣地。"

母亲："孩子，原谅母亲对你撒了这个谎。全天下所有的母亲，教给她的孩子灵魂苏醒术，确保灵魂不下坠，那么母亲在不在你身边，已经不重要。孩子，再见了，母亲要去喝孟婆汤了。"

云巫被一阵剧烈的痛苦所吞没，他原本以为找到灵魂苏醒术就能找回母亲，却如何也不曾预料，找到灵魂苏醒术却真正失去母亲。他呆呆地坐在那里，看见自己在死去，在枯萎，化为一道光融入心河，沉下去。谁知又一道巨大的光从心河升起，这道光慢慢化出云巫的头、眼睛、鼻子、嘴巴、身体、四肢……

夸克，夸克，云巫听见夸克在叫，太阳落下山，大地一片漆黑。夸克终于出现了，当第一抹太阳光从大地上射出，一个新的云巫也随之长了出来。

一枚钱币的旅行

有个被装帧得极其华美的钱币，和其他珍宝器盏住在守财奴家的藏宝柜内。每日，守财奴都在睡觉前睡醒后要打开藏宝柜，在这堆财宝中寻找这枚钱币，因是守财奴所赚得的第一块钱币。其他的像珍珠玛瑙金器杯盏等等，也会被主人拿起，看一眼就放下，但这枚钱币却得到守财奴最多的时间凝视，又得到守财奴以无比虔诚的心礼敬、擦拭。这枚钱币因这异乎寻常的待遇，成为藏宝柜里最高贵的一枚钱币。

这枚钱币每天骄横地来柜子里巡逻，作为柜子内最不同凡响的钱币，其他玛瑙珍珠当着它的面阿谀奉承："尊贵的钱币先生，您声名远扬，是最耀眼的钱币，我们无比恭敬您，向你致以最尊贵的问候。"但等钱币一走远，又在背后经常议论表达不满："那一只肥头油脑的自以为是的傻瓜。"

守财奴的藏宝柜内，攀比的风气异常浓烈。

玛瑙说："我可以买下一件皮袄。"

珍珠说："我可以换一个女人的芳心。"

黄金说："我可以买下十个奴婢。"

钱币说："我可以换得所有的你们。"

其他纷纷抗议："你撒谎。"

钱币语气放缓，一字一句地说："主人擦鞋得到了我，我就生出许许多多个类似的我，然后他买下鞋铺，再一步步成为这个城堡最富有的鞋商。"

听到这句话之后，藏宝柜的其他珍宝们则不吭声。

藏宝柜内有一个土了吧唧的茶壶，守财奴十六岁的儿子非常酷爱的一把茶壶，这把茶壶能让毫无味道的来自东方的树叶在开水浸泡后，散发浓郁的香气。守财奴的儿子与守财奴的性情完全不一样，儿子每天拿着他的茶壶，带上东方特有的树叶，泡上水走到街上把这香气冲鼻的水去分给那些口渴的人。

只可惜，守财奴的儿子从街上回来的路上被强盗拦住，让他交出手中的茶壶，守财奴的儿子至死守护茶壶被残忍地刺杀，强盗听到脚步声仓皇逃跑了。守财奴的儿子因失血过多最终去世。守财奴十分难过，他生气地把茶壶摔在地上，茶壶摔断了手柄，嘴壶也断了。那些受过守财奴儿子的水的恩惠的人无不怀念这样的一个少年。

至于这个土了吧唧的茶壶如何进入了藏宝柜，是因为后来守财奴想起了儿子，又把摔坏的茶壶收起来，不忍心细看，就丢进藏宝柜的角落。

这天，昂首挺胸的钱币走在藏宝柜中，珍珠和玛瑙早商量好要给钱币难堪，果真钱币被绊住摔倒，鼻青脸肿，滚着向前跑，哐，掉进一个黑咕隆咚的洞里。钱币挣扎着要出去，谁知四处都太光滑，钱币没有地方可以抓住从而爬出去。

更令钱币无法预料到的事情发生了，一个盗贼闯进了藏宝阁的藏宝柜，盗贼把手伸进藏宝柜中匆匆抓取，珍珠玛瑙和一部分金子，连同那只土了吧唧的茶壶也被盗贼匆匆装进了大口袋。

钱币感觉到剧烈的颠簸，它颠得到处被撞，额头、肩膀、手和腰都受到极大的扭动，它迅速调整，捂住头卷成一个圆滚来滚去。

茶壶这时开口了："亲爱的钱币先生，您少安毋躁，不要再到处乱撞了，您停下来躺在我的肚子里，我保护您。"

钱币一惊："你是谁？"

茶壶答之："我是一只其貌不扬的茶壶。"

钱币大惊："我怎么跑到你肚子里去了。"

茶壶说："这是珍珠和玛瑙想让您出洋相，它们绊倒了您，您滚进我的肚子里。"

钱币又问："可是我之前怎么从没见过你？"

茶壶说："因为主人讨厌我，所以把我丢到最不起眼的角落。"

钱币现出骄傲的神情，语调不由得提高起来："如果讨厌你，怎么会让你进藏宝柜呢？我们藏宝柜那可是至高无上的地方，都是这个世界上最珍贵的财富。"

茶壶伤感地告诉钱币："我的主人，也就是守财奴的儿子，他生前每天抱我去街上煮茶给穷苦的人喝，有一天被强盗伤害，流血过多而死。这之后，我变成一无是处的东西，非常怀念那些我的主人用我煮茶水帮助人的日子。"

钱币嘲笑茶壶："你居然还怀念那些吃苦的日子，你是不是傻呀？像现在我们每天锦衣玉食住在藏宝柜，拥有的是至高无上的荣光。"

茶壶反驳它："不，一件东西不用，被放置起来，久而久之，就会变成大腹便便毫无光泽的蠢货。很不幸，我当蠢货很久了。"

谁知，盗贼因害怕后面有追兵，骑着马疾驰在森林中，不小心被横来的树干挡住摔下了马，装了珠宝的口袋里的珠宝散了一地，盗贼匆匆捡起值钱的珍珠玛瑙金子，而那个土了吧唧的茶壶留了下来，茶壶这下摔破了底座，露出一个大口子。

盗贼重新骑上马，跑远了。

睡醒的钱币看见一束强烈的阳光，借着阳光，钱币看见了这只茶壶。

茶壶开口了："尊敬的钱币先生，您醒啦。据我所知，我们被盗贼从藏宝柜盗出来，现在恢复了自由。"

钱币却感到难过："什么？我们被盗出藏宝柜？"

茶壶却十分欢快，它的身体被风吹过，发出一声声闷长的响声，听起来就像吹口琴："是的，我们现在在森林里，享受着风和阳光。"

钱币哭丧着一张脸："没有主人每日对我的凝视和擦拭，我无法想象这接下来的生活，这简直是生不如死吧。"

"砰"，又一下强烈的巨响，茶壶彻底裂成两半。是一块石头闯的祸。很快，一只巨大的脚出现在茶壶旁边，一个十岁的少年低下头，看见茶壶里的这块钱币。

钱币被装进了少年的口袋，又是一阵黑暗，只是这次周围都是温暖的布棉，太舒服了，钱币不知不觉睡着了。

少年因被父亲批评，一个人闷闷不乐走出家门，来到不远处的森林，他无所事事踢石头，踢啊踢，忽然石头反弹回来，少年他走近看，一个茶壶，茶壶里却意外地装着一枚钱币。少年脸上泛出微笑。

这枚钱币正好可以买下他期待已久的玩具，他紧紧地握住口袋，生怕钱币掉了。紧紧地握住，朝街上那边跑。

终于跑到街上，离他的玩具店还有一米，少年看到一个行乞的盲人老奶奶蓬头垢面正向路人乞讨。瓦罐里刚掉进一个硬币，却被旁边穷人的孩子伸进瓦罐抢走了。老奶奶流着委屈的眼泪，可是她看不见，她瓦罐乞讨的钱币和食物经常被穷人的孩子抢走。

老奶奶叫着："给我留一点吧……不管你是谁……给我留一点……我三天没有吃饭了。"

少年看见他想要的玩具正近在咫尺，他想得到已经有一年多了。他决心不再看这个老奶奶，而坚定地朝玩具店走近，当他掏出口袋里的钱币，准备交给老板，谁知，最后一刻，他转身把钱币放进老奶奶的瓦罐里。

哐当一声，老奶奶迅速把钱币抓起来，紧紧握在手里。钱币感觉到一只粗糙而温暖的大手，它想起了守财奴，他要发现藏宝柜被盗，最重要的是他最心爱的它也被盗走，这情形无法想象。的确如此，守财奴发现藏宝柜被盗，心一急，抽风病倒了。

少年紧紧围在老奶奶身边，见老奶奶十分熟练地走到一个卖饼的摊位旁，买了一个饼。钱币被卖饼的女人收走了，丢进装钱罐中。卖饼的女人告诉老奶奶这钱够买三个月的饼，为了安全起见，老奶奶和卖饼的女人达成三个月的饼钱契约。少年放心地回家去，他已经不生父亲的气了，相反，他好像看见了自己的任性，他决定要第一时间去向父亲道歉。少年步履坚定，朝家走去。

有了这个钱币，卖饼的女人收起钱币，走到一家花铺，她买了最漂亮的一株玫瑰树。卖饼的女人把为什么要买下这株最漂亮最昂贵的玫瑰树告诉了花铺的老板。因为卖饼的女人有个九岁的女儿，从小双脚无力，不曾自己走出过房间。卖饼的女人想要买这棵玫瑰树陪伴女儿。

钱币交出去与玫瑰相会的一瞬。

钱币听见了玫瑰的心声："这位母亲，您放心，这之后，我的每一片花瓣都会绽放最美丽的容颜和最香甜的味道。"

阁楼上卖饼的女人家从此有了一棵漂亮的玫瑰树。九岁的女儿每天凝视玫瑰盛放娇艳的容颜，蜜蜂和蝴蝶都跑来放声歌唱。月亮为此驻足在女孩的窗前，夜莺唱起悠扬的歌。

这样的日子过了一段时间，有一天女孩发现自己的脚有了力气。女孩欣喜，又不敢确认，她试着双脚着地，力气突然大了起来，女孩站得住了，她试着走一步，没有摔倒，她又试着走第二步，第三步……

直到她走到集市街边，卖饼的女人看见了自己的女儿……狂奔而去，相拥而泣。太阳把这段事情告诉了钱币。

这枚钱币听见了，眼睛湿润了。它感觉到从前没有过的一颗活着的心，它有了力量和精神，它的脉搏跳动起来，它感觉到自己的价值，换成不同的东西得到了一个个灿烂的笑。为了别人而忘我，这是一件多么幸福的事啊。

这就是这枚钱币的奇遇。

后来，辗转很多次，钱币又回到守财奴的手中。钱币看见守财奴两鬓发白，几个月不见，主人日渐苍老。守财奴也认出钱币，他简直不能相信。

中篇小说

青 丸

一

镇上的人都喊青丸爹"青丸她爹"。谁喊他"青丸她爹"，他都微笑地点头，一边不利索地说："那……那是谁在叫我……"镇上的刚长大点的男孩调侃着说："我是青丸的相好。"随即笑声炸开了。青丸爹怒气地喊："去……去……一边去……都给我一边去……"

至于"成顺"这个名字，原是青丸娘的专属，后来陈慎芝也叫他"成顺"。

夜里陈慎芝经常会浮现的一个场景，像是刻进她身体血液，扑扑地往外涌，巨大的泡沫要把她吞噬似的。夜色总有让她恐惧的声响。就像窗外的云把月亮托起，她渴望成顺把她托起，温柔地触摸。两年时间在热浪翻滚中匆匆滑过。

这两年里，青丸娘的模样在成顺的心中渐渐生起锈，成顺吧嗒吧嗒在床头抽着烟，他已经记不得青丸娘的完整样貌了。以前他每天都会在黑暗中擦拭他心中的他的娘子，顽固地以一种近乎宗教式的热情。

陈慎芝的笑容有一天跑进他的心里，他弹跳反应似的从床上弹起来，捂紧自己的心，试图把陈慎芝挤出他胆小的心。

自己算成顺的什么。妞头吗？陈慎芝带着试探的语气："成顺，你看，小豆子要个爹，青丸也需要一个娘……"陈慎芝等着成顺接过话茬，有片刻的沉默。半晌，成顺慢慢吐出一句话："在我心里，你早已是我的人。"

说这话时，成顺脊背上一阵阵汗流下来，这是对青丸娘的背叛吗？可当黑暗对他咧嘴微笑，他逃荒似的要逃到陈慎芝的枕头边，不断推进，涌起，叠高，又落下。情欲急速下坠，他一转身，陈慎芝家的公鸡一鸣叫，黑暗即将被抽走，成顺也从陈慎芝的温柔乡抽开。

陈慎芝没有接过话去。陈慎芝看着房间里那些正嘲笑她的家具，她猛地起床，一手把帘子拉开，辗转到磨坊，开始一天的豆腐生意。

这是他们之间第一次谈到成家的事。第二次，是成顺失明后。成顺看不见这事，发生得非常突然，毫无预兆，是平常得不能再平常的一天，天突然黑下来，成顺以为天就是黑了，他摸到床边去躺着，睡了很久很久，天仍然是黑乎乎的，怎样也擦不白。当他听到窗外鸟欢快地叫着，他突然意识到黑的不是外面的世界，而是他接下来的整个人生。

成顺的世界已经随他的眼睛一同遁入黑暗里头了。不，其实这团黑影早就在他的身体内，从青丸娘撇下他寻死的那天开始盘踞，多年来，青丸爹时刻绷着一口气与之对抗。他害怕黑夜，在黑夜总缩成一团。熬到天空逐渐收拢黑色的口袋放出一点光亮来时，成顺才敢放下戒备掉入睡眠。但梦还是不放过他，做梦，混乱的梦，梦里数不清的人在追赶他，嘲笑他，他逃，一直在逃。

镇上的人听到成顺失明的消息，无不难过，好像为成顺难过，心也一沉，为他们预见的将来的困难。不曾失明前，成顺像是清水镇的流动的拐杖，谁需要谁倚一倚。成顺靠卖力气养家，因是外来户，青丸家没有农田。成顺虽然个头不高，但筋骨强健，即使一天没进一口饭，力气也照样使。镇上临时出现哪家男人不偏不倚正赶着农忙时生场大病，那成顺就出现在哪家的田地里。有时碰上三四家的男人都碰巧伤风，三四家的女主人就会一同来商量，成顺就在这三四家地里农忙完。成顺像阵疾风，扫尽田里的活，又把稻子扫到各家门前。可是生活这座大山啊，没有拐杖如何能坚持爬上去。

这其中，唯有陈慎芝浮现出一种隐藏不住的快乐。成顺的眼睛沦陷了，沦陷的紧跟着应是他的心，还有他的生活。虽然青丸是他的拐杖，但到底也年纪尚小，哪能担得起。陈慎芝的机会来了，结束真正寡妇的生活，与成顺的事情摆到太阳底下。

摸着星光起床，把黄豆变成一块块方形的豆腐，养大小豆子……一天天地，时间无情地要把她变成老妇人。她没有忘记自己的困境——尽管生得娇弱，但手脚麻利，厨灶针线，大小衣裳没有一样不是拿手。这样一个女人上天在造她时，恐怕是打了个盹或偷懒忘了什么，所以轻易间就成了寡妇。小豆子他爹，在小豆子满月那天幸福得醉得一塌糊涂，乐极生悲过桥时摔下桥淹死了。原本她也半推半就式地认命，但谁知时间又像杵出一个漏口。那天向着成顺迎面跑来一头牛，牛受了惊，前蹄重重地往成顺胸口一踢，成顺像死了一般倒在地上，她卖豆腐回来刚巧路过，看见倒地的成顺，吩咐一旁的小豆子赶紧回家拿药水。陈慎芝掐人中，等小豆子拿来药水又不停擦拭成顺的太阳穴，终于成顺一点点坐起身来。这种抚摸夹杂着紧急和担忧，并没有泛起愉悦。成顺闭拢已久的情绪谁知却被迅速地扯开一条大河。几天后成顺趁着夜里去陈慎芝家做豆腐，手碰着手，激起一连串的波浪滚到身上。

当陈慎芝轻快地走到成顺跟前，说起这今后的日子不管镇上人怎么看，她都要来照顾他，成顺却拒绝了。成顺觉得受了辱，陈慎芝这是乘人之危。顽固如同一块石头的成顺叫陈慎芝出去。陈慎芝并不气馁，一次不行，又一次次表明自己的心，直到陈慎芝完全绝望。

碰壁之后，陈慎芝忽然变个人，狠心把成顺从心底拔除，她决心把与成顺的关系风化为一种纯洁的乡里乡亲之情。豆腐仍每日送去一块。一块新鲜豆腐。不为那遭打的顽石成顺，也念及青丸。很小没了娘，爹现在又看不见。虽然这两年青丸已长成结结实实的姑娘。

每次陈慎芝都会挑一块最好的豆腐，揉两下或者抠个小洞，反正故意把豆腐模样弄丑，对小豆子说这卖不出去的豆腐送到青丸姐姐家。这场面小豆子看见过好几回。他不明白娘为啥不送卖相好看的豆腐去，这情意也深一点啊，好几次他都想问娘，努了努嘴又把话吞回去。

小豆子拎着豆腐一蹦一跳，每次快要走到青丸家，脚步立马放慢，步子变得极轻极轻，生怕弄出一点声响，人在害怕时，听觉变得敏锐无比，任何一点响声都能激起万丈的恐慌。好不容易走到门口竹篮跟前，小豆子把豆腐往竹篮里一放，一溜烟飞奔。好像逃命似的，怪物紧跟在后头。小豆子的害怕有不少——他害怕镇上的其他孩子笑话他是个没爹的娃。他害怕他娘生病，他娘偶尔生个病，他紧张得如同惊弓之鸟，扑来扑去在娘的周围嘘寒问暖——"娘，你感觉好些了没？""娘，你饿不饿？""娘，你放心家里的事我来做。"若碰上娘接了哪家红白喜事定的豆腐，而娘又恰巧病着了，小豆子就会搬来青丸姐姐帮忙。他害怕娘的眼泪。他害怕成为没娘的娃。

这天青丸又来帮忙，说起从前的事，陈慎芝眼睛泛起一层伤感，很快又消失了。顿了顿，陈慎芝换了一种口气，一个女人要往前闯，害怕没啥用，把柴刀磨快顺道把路上的刺棘砍了。不然，还能等什么。

青丸也明白，朝前闯，千万不要回头，好像一回头胸腔里充盈的力气就像消失殆尽似的。青丸紧紧咬住了牙。青丸认陈慎芝心里做干娘，陈慎芝也在心里把青丸认作干女儿，把一身的手艺都交给她。

二

清水镇这几年一贫如洗，衣裳几年才穿坏一件，但吃是最紧迫的事，陈慎芝拣了一门豆腐生意做。从此陈慎芝双手推着磨，推啊推啊……推着笨重的磨朝前走，额头飞上了皱纹，双眼也钝下去，浊下去……女人最先老眼睛，啊，一阕冗长的悲剧正咿呀呀地扯着嗓子唱啊。所幸成顺也看不见，陈慎芝下意识地摸了摸下颚。陈慎芝一惊，原来他仍在她心里盘旋。

小豆子每天送来一块豆腐，作为情意回礼，青丸也常送回东西——初夏的蘑菇、山上的野菜、冬天的柴火，还有她从不保留的力气。这天，青丸去陈慎芝家讨学做草鞋。正巧镇上的王婆家有喜事，陈慎芝忙着加做一屉豆腐，青丸一旁推着磨。

陈慎芝说道："王婆家的豆腐用点心做，她可是咱镇上的保护神。把神伺候好了，好日子就有指望了。"

青丸额尖一层层细密的汗，终于一屉豆腐做好，陈慎芝交代小豆子送去王婆家，一路上仔细着呢，别跑别跳，别晃坏了豆腐。终于松活了，陈慎芝帮青丸拭去额角的汗，往身上的围裙揩干两只手，笑吟吟地让青丸拿出麻线，起针，一针上一针下。青丸拿回麻线，试着织十几下，谁知就这短短的一会儿工夫，陈慎芝已把磨擦得干干净净。再等青丸编出一小截，陈慎芝又把一竹筐衣服也洗完了。青丸心里暗暗感叹，陈慎芝真像是总比别人多两只手啊。

陈慎芝走过来，拿起麻线利索地织起来。青丸完全掌握了陈慎芝教给的诀窍，低着头做着草鞋。两个人坐在午后的阳光中，面对面坐着，有一搭没一搭地聊着。忽然扯到了成顺，陈慎芝的手不自觉停下来，青丸说起最近的情形不是太好。

成顺时常分不清楚自己是在梦中，还是现实。他经常自言自语，那些语言散落在黑暗中，一根根针似的把黑暗一点点刺破。青丸讲到但凡看见爹眯起眼睛有一种似笑非笑的神情，就明白那时的爹已坠入到一个非现实的世界。在那个世界里，一个名字经常被提到——小霜，小霜正是陈慎芝的小名。这个名字只有成顺知道。

陈慎芝一听，针扎进小指，顿时血涌出来。青丸连忙放下手中的线，随手抓起一条碎布缠绕受伤的小指。

见血止住，青丸又回来做草鞋。青丸说："我爹估计想我娘了。"

这时青丸想起小时候拉着爹问娘的事。

青丸："娘长啥样？"

成顺："你娘长啥样，你去问问镜子。"

青丸："噢……和娘长得一样吗？"

成顺点了点头，继而又叹了口气："要是你娘还在……"

青丸也无数次想过"要是娘还在"，在她从山上砍下的柴背在肩上背不动时，在她打开米桶米桶空空时，在她打开锅盖锅里连烂叶子也没有时，在她发现爹永远看不见时，在爹喝醉倒地她用尽力气一步一步把爹搬上床时，她心里滴着血无声地叫着——娘啊，你为什么不在？

直到小豆子送完豆腐从王婆家跑回，青丸才从童年的回忆中被拽回来。

青丸默默地在心里说："娘要还在，爹就不会失明了。"

青丸收起手中的麻线，说天色不早了，要回家给爹做饭了。青丸连忙起身，笑着要往外走。陈慎芝叫住青丸，让她等等，跑到磨坊，她手抓了几下豆腐，一块完整的豆腐瞬间变得伤痕累累，陈慎芝把豆腐交给青丸："这块做坏的豆腐反正也卖不掉，带回家去吧。"

从陈慎芝家要走一段长长的路，青丸才能到家。一个在镇上的头，一个在镇上的尾。青丸唱着小曲快步走在路上。山上的树黄了叶子，太阳在下坠，将要坠到山那头了。

癞皮刘晔迎面而来，五官也是有的，鼻子在那，眼睛也一双框在脸上，可不知怎么搭配的有一种奇异的不协调。耷拉的头发黏在头皮上，就像一泼头油撒上去。癞皮正名叫刘晔，晔有"大而明亮"之意。癞皮的眼睛忽然发出亮光，像要照耀世界似的，灼灼的亮光。眼睛里倒映着青丸的脸庞，这一张无懈可击的脸庞，尖下巴，眼线张扬飞出去。青丸的双眼总是炯炯有神，明亮亮地映照那颗清澈见底的心。野甸上的花花草草，在飘送着夏天荷尔蒙的气息。有一种说不清楚的情愫在靠近，日渐逼近。青丸放慢了脚步。

癞皮刘晔突然意识到自己穿了一个夏天的泛了灰的蓝布衫，袖子的肘部也被磨损得厉害，他感到十分窘迫。癞皮刘晔走路有点外八字，往两边一歪一歪，这时他急忙躲到路边的草丛中。青丸拎着豆腐经过，她全然沉浸在唱的小曲里，对草丛中那双炙热的眼睛毫不知情。这双眼睛紧紧地盯了青丸五年。癞皮刘晔的口水往肚子里咽，喉结猛地一缩。

多年前青丸砍柴回家的路上，恰好遇见从溪头回来的癞皮刘晔，青丸微微点头一笑，刘晔的身体有个自己想吼，想叫，想撒着欢儿告诉世界——青丸对他一笑，比山上满山的红杜鹃还要美。

这一笑像是招了一个魂儿，之后的每天癞皮刘旺的双脚不受控制地往青丸家附近跑。对于青丸父女的生活，癞皮刘旺那里有一本账目，账本里癞皮刘旺装着成顺与陈慎芝的事，实在饿极了，癞皮刘旺就从他的账本里翻出这一页让陈慎芝交出豆腐豆浆，癞皮刘旺得以饱餐一顿。

陈慎芝倒也不怕癞皮刘旺的恐吓，她一个寡妇，成顺一个鳏夫，两情相悦倒也无可指摘。但陈慎芝担心小豆子，一个孩子遇见外面的一阵微风，心里反而能刮起一阵狂风。与其冒这个险，还不如用豆腐堵住癞皮的嘴。当然陈慎芝也暗自盘算，青丸若是知道此事，是否会远远地离她十里，这件事陈慎芝并无把握。顺带着陈慎芝也能从青丸那得到成顺的情况——在她心里，成顺是胆小鬼，不敢娶她，畏首畏尾。但成顺被太阳熏染的肌肉一鼓一鼓吹动着生命的气息，她的身体有一种强有力的喷泉涌动。连成顺看她时那一种想爱又不敢的憨态，她也心动。当青丸讲起她爹成顺，每一个字都像是成顺夜里一个个的吻。

癞皮刘旺是镇上远近闻名的懒汉，上无爹娘，炉灶背上身，走到哪是哪。反正癞皮刘旺家已经穷徒四壁。对于生活，他一贯以来都躲得远远的，省着力气是要干大事，而眼前尽是些毫不起眼的小事。他总说吃了还不是要拉出，在肚子里过个场而已。癞皮刘晊认为这过场没啥必要。实在饿得慌，他就去溪边喝一肚皮水搪塞。

癞皮刘晊家最值钱的是墙上的那把镰刀，割草割稻砍柴切菜甚至是刮胡子，镰刀集万千功用于一身。他特意留两撇小胡子，勤加修剪，镜子没有怎么办，上溪头去。一整溪的水都成为他爱情的明证。

三

清水镇地处赣东北低山丘陵区，乐安河上游。村落依山而建，村民房屋呈阶梯状扇形分布。这清水镇是这一代最穷的镇了。清水镇的人也不懒，时运不济，风啊雨啊灾什么的一直往这个山坳灌。穷也穷得有理有据。

一队人马正徐徐地前往这个小镇上。来了一个小戏团，同行有六个人，两男四女。他们坐在一辆浑身发出声音的卡车上，随时要散架似的，车上有个叫小莉的女孩尖声叫道："天啊，快点到吧，我的魂都给颠没了……"另一个胸口挂着珍珠项链的女孩，嘴里像是念经似的，汽车的声音太大了，听不清在念些什么。汽车上了些山，转了些弯，窗外光景呈现出一种朝气蓬勃的景象，远处的稻浪有节律地舞动。

这一路上，阮生一直看着路上的景色，他从自己的世界里渐渐走出来——他是阮家的独子。长到十八岁，有次他去看了一场戏。一到戏场，阮生觉得自己化成了一片云，一团雾，自由地来来去去，没有重量，没有遮挡。这种自由感就像鸦片一样，成为他身体里的一团火。

这种情形发展了下去，阮生已深深入迷。刚开始也只是票友，捧捧场罢了，阮家父母也不太在意，到后来发展到非戏曲不可，已经来不及阻止。阮生天赋极好，念字、行腔、表情和动作都入到精髓，声洪气足，是天生的好料子。阮生以这种不入流的方式拒绝成为族谱上的一颗摆设。阮家从曾祖父那一辈就矢志不渝地钻进官场，阮家的每个人都须是家谱上的耀眼的一页，这是阮家的家规。阮生讨厌那个家规。整个迂腐的大宅有一张巨大的嘴，把人的最宝贵的东西都吃掉。在那个家，他就像一只背着重重的壳在尘土里蠕动的蜗牛。

阮父感觉头顶的太阳正一点点往下坠，他却无力拉拽。阮生成为戏子，阮父扬言要驱逐出阮家族谱。阮母夹在中间，这边扑火，那边扑火，摆来摆去，像油灯下一只蘸过煤油的飞蛾，家中的佣人常被刮刀似的怒骂。寒气逼迫阮家的每一个人。

这天在外应酬的阮父跌跌撞撞到家，阮母立刻迎上去搀扶，双手搀着阮父这圆滚滚的身体，谁知阮父的身体一坍塌，强撑的力气被抽走,身体直往下坠,滚西瓜似的两人摔在一块了。这一摔,阮父反而清醒了一点,自己爬起来,问起阮生在哪。阮母双手紧握着,不安弥漫到身体每一处。阮母看见阮父正朝阮生的房间走去。她不敢拉。但她已经预感到危险在每一丝空气里发酵。果真,阮父在酒精的浸泡下撕碎本应有的贵族般的教养,地动山摇地一巴掌朝阮生的脸盖去。毫无防备之下,阮生脸上顿时火辣辣的,嘴角渗出血来。

阮父嘶吼着:"滚,你这不孝子!"

阮生看着父亲,他生平第一次真正地认识父亲——从前的父亲是轻飘飘的,踩在云上,像只会变色的蝴蝶,一下子扑在这个饭局,一下又扑到另一个饭局,扑来扑去。他戴的面具随时更换,应酬场上,谁不准备着几十上百个面具?场上的人们以不可思议的速度变幻自己的面孔——见人说人话,见鬼说鬼话。年长日久,他们把面具戴旧了,磨损了,疲惫导致来不及及时摘下面具,最后几十上百个面具深深浅浅烙在脸上,几近狰狞。而今天的父亲是实实在在的,这一巴掌尽管疼痛,但也是这些年阮生与父亲唯一一次的碰触了。

阮父跌跌撞撞,不等阮生的反应,轰的一下倒在地上,一摊烂泥似的。赶过来的阮母顾不上帮阮生擦去嘴角的血,费力把阮父扶起。

坐上这趟下乡的卡车，像是做梦一样，被梦魇住了。阮生烦恼地挪了挪身体，想说两句，临时吞了回去。那一巴掌把阮生从家打到学校。正值学校有下乡采风，气头上的阮生就进入了这个队伍。

明悦见阮生加入，连夜也加入队伍。明悦在第一次见到阮生，就在心里刻下了一个点，这个豆蔻年华的女孩誓言要一生绕着这个点画圆。阮生却蒙在鼓里。大户人家的小姐一旦爱起来，也是不管不顾的，捧着一颗心，也不怕砸碎了，摔进土里一身黑。

明悦盯着阮生，见阮生的喉结鼓起又缩回去，明悦也条件反射似的吞咽一下。这个细微的动作被阮生旁边的李峻看见眼里，李峻的眼睛徐徐看下去，明悦穿的是一身青黛色的宽版的大衣，胸前仍有驼峰的坡度，李峻的心跳随着驼峰起伏，忽然脸唰的一下红起来。

李峻怕被人识出来，连忙转过头去："这都走一天一夜了，清水镇怎么这么远？"以这句话来转移那一种难言的微妙的泛红的尴尬。开车的司机不知怎么，在巨大的汽车轰隆声中居然拣到李峻的这句话，应答到："快了，快了，走过这一片玉米地，往右一拐就到了。"阮生被开车的司机提醒这一片玉米地，他凝神远望起来——泛黄的叶子连缀成一片海，吹拂着明悦的长发的风吹远了去,吹到玉米地里,吹成了浪,一波盖过一波,波浪消失在天的尽头。

"快看,乡下的天就是好看。"车上所有人都忽然从各自的世界里出来,懒懒的像是孵出蛋壳的小鸡抬起头。这一队子的舞蹈团终是到达了。黄昏了,已是夏末,燥热正一点一点被收走,但残阳照在阮生的身上,阮生觉得热,他脱下外套,是一件周正的西装,经过一天一夜的无情蹂躏,西装颓下去,褶皱一层层打着滚。小莉借着整理头发故意往李峻那边凑一凑,希望离李峻更近一些。

阮生第一个从卡车上跳下,随后其他五个人都下来了,大家七嘴八舌地抱怨这一路的颠簸,明悦哎哟哎哟叫起来,腿发麻说是抽筋了,众人又都纷纷转身照顾明悦,明悦含着感恩的眼神扫过每一位,她有意无意向李峻那张望,李峻穿着旧衫改的长裤,脚上一双布满灰尘的黑皮鞋,鞋跟磨损得厉害,整只鞋变了形。李峻好像也低头看见自己的鞋,发现这一双原本打算丢掉的鞋,当时正催着上路,李峻还在收拾东西,十万火急中穿了双床头的鞋跑向戏团集合处。李峻有点窘,但也没有办法。

明悦的眼睛停在阮生的脸上——阮生的眼核是琥珀棕色,总像藏着一个巨大的秘密似的,镶嵌在那张二十刚刚出头的脸上，方脸，也不太方。明悦说不清楚。她看见小莉正盯着李峻，不由偷笑。小莉皮肤倒是奇白，尽管眉目稀疏，面也如面盆，但一白也能遮百丑，小莉关在粉色锦缎旗袍中，胸部不甘心地往外跑，显得异常发达，整个人更加苍白了。

小莉旁边紧贴着九月和春分。九月非常瘦，细高个，三角眼吊梢眉，整个人黄黄的，一副身薄福薄的模样。春分恰恰是九月的强烈的对照。春分出乎意料地丰腴，像是过度发酵的馒头，使人看了也不想入口。

每个人从先前的大学生活剥离，仿佛都得到了暂时的解脱。阮生预想过穷苦的生活，那是他幻想中的纸上的穷苦，当他钻进祠堂新安的临时的家，他心里咯噔了一下，但仍是昂扬，与父亲对抗的壮志鼓荡着他。

一天之后，这六个人忽然在一个几乎与世隔绝的山瓮里，说是说一个镇，但三面环山，也是一个完全陌生的、安静的地方，这是勾不起任何的回忆的一个山坳里的穷镇。

九月凑近春分的耳朵边，轻声说着："是好地方还是鬼地方？"语调有一种令人惊异的怪调。

四

清水镇上有一群人在开会，事先已经得到通知，过几日将迎来会跳舞的学生队子。开会的是一群无事可做的镇上男人。他们中间是一张桐木桌子，镇上的人把供品都摆在上面。这时桐木桌上因供盘长久空空如也，索性被丢到角落，蒙了一层灰。

这群男人蹩在桌前，无事时搓着麻将牌。若逢重大的事，这张桐木桌仓促间成为会议桌。随时要解散的会议，又因为沾上会议又变得严肃。许多严肃重大的事情在这似供品桌，又似牌桌，还似会议桌的桌上敲定。那张桐木桌子，是当年成顺去山上砍下并背回桐木，最后春喜父亲把那些桐木做成的一张供品桌。漫长的夏天已经过去。

刘泼甩出手中的纸牌："又输了，老子不玩了。"其他几个人缩着脖子在地上把纸牌捡起来。这群人才商量来的人要住哪里的事。

"荒弃的祠堂收拾利索，可以住"，当这一群人正陷入要妥善解决这件事的困境时，有人的这一提议得到一致的赞同。

刘泼算是这群人里的老大。这群人在刘泼的带领下迅速收拾出几间屋子，也搬来木床和日用品，刘泼作为村长的儿子轮番到每家搜刮了一点，凑成这个舞蹈队子的临时的家。

镇上唯一没有收刮到的是青丸，她家。刘泼闭上眼睛就能知道青丸家值钱的家当是没有的，有也在这之前典当完了，他明知无功而返也要去一趟。他是醉翁之意不在酒。他日想夜想青丸不是一天两天了。

青丸家那所小房子掩藏在苍翠的树林深处，外边是看不见的。然而再大再高的一片树林也不妨碍它成为一所显眼的小房子。好几双眼睛日夜都凝视着它。

刘泼敲青丸家门时，半晌，没人应答，刘泼暗自思忖着青丸会不会睡觉了，这正好是午后，刘泼撞开了青丸家的门，"青丸……青丸……"，大门砰地打开了，酒精味浪涌过来，青丸她爹成顺躺在床上，旁边倒着酒瓶，四处逃窜的酒精，呛得刘泼连连后退。

青丸不在家。在青丸出门和刘泼进门之前，中间还来过一人，癞皮刘晔是偷抱着酒蹑手蹑脚地进来的，尽可能不发出任何声响地把酒倒入了青丸家的酒罐里。砰的一声，有什么东西摔下来了，癞皮刘晔吓得也差点把酒摔了。呼，呼，呼，原来是风。

刘泼失望地从青丸家出来，却意外地在半路上干瘪黯淡的脸忽然有了新的颜色，原来他看到了青丸正挽着个装满萝卜的篮子。

刘泼眼睛里放光："青丸……"

青丸没有听见。

刘泼风一样跑到青丸跟前。青丸被吓了一大跳："刘主任……怎么您来了……"

刘泼嘴里有春风："这不，找你有事呢。"

青丸扭到一边，这群不做事的人聚在一块净是都没个正经，插科打诨，又痞里痞气又仗着他爹作威作福。

刘泼顿了顿，抖了点威风做派："我是代表镇里，"刘泼特意在"代表镇里"这四个字后，又顿了一顿，"代表镇里来问你，能不能捐点东西出来？这不，接到通知，听说马上要来一个省里的舞蹈团，都是些大学生，男男女女都有。现在需要群策群力为这个舞蹈队组个临时的家，所以需要些床单被褥……"

青丸听到省城来的舞蹈队子，心底发出一阵蓝幽幽的光，幽幽的，像是把青丸吃了进去。

刘泼见青丸不吭声，连忙说道："你爹都那样了，你家能有什么东西捐，但我吧，也不能徇私，这件事就包在我身上，你不用急。"

青丸十分难为情，推托道："刘主任，那怎么能行？"

刘泼冲她一阵鬼笑："有什么行不行的，你的事就是我……我刘泼的事。"

刘泼平时耍横得很，可一到青丸这，什么三头六臂都瞬间被收走。山外有山人外有人。青丸才不愿欠他人情："这话可严重了。青丸虽然没什么可捐，但青丸可以做点手工活，刘主任，你看，行吗？"

刘泼笑嘻嘻："捐点手工也是捐。这样吧，我已经把被单棉絮都收上来了，就剩下怎么把棉絮缝进被单里。"

青丸说道："谢谢刘主任的通融。等会看怎么把被单棉絮……"

刘泼不等青丸说完，他来不及要接过话头来，是的，他甚至来不及要表达他的感情："我叫人送来。"

青丸爽声应道："那麻烦刘主任了，我先回去看看我爹。"

刘泼不假思索吐出一句："你爹……"他原本要讲出去关于他看到青丸爹那酒醉后的巨大呼噜声把他吓一大跳，接着青丸爹扶上床这事。当然，他不便太过于暴露。

青丸急切地问："我爹怎么了？"

刘泼当然也不会说他刚刚撞开青丸家的门，只为看一眼青丸。他意识到刚才差点泄露，正了正心："我是想问，你爹现在还好吗？"

青丸把吓出去的心放回来："噢……他还是老样子。"

当青丸回到家不久，棉絮和被单送来了。这之前刘泼已经找到镇上的陈慎芝做这件事。因为想着让青丸捐一点手工，又能和青丸说话，所以临时派人从陈慎芝手里拿了一床棉絮和一条被单拎出来。在清水镇，陈慎芝是最有名的巧手。

青丸从小豆子手中收到被褥，心神不宁的，手上的线也随着心神走，走得歪歪扭扭。

小豆子看见青丸缝的被褥："听我娘说，交给戏团的床褥，送了一床被褥让你来缝，我娘连夜缝了五床，要不要我帮你拿回去？"

青丸问道："你能拿得动吗？"

小豆子捏起拳头，做一个强壮的模样出来。"瞧，我有力着呢，没事，我拿得动。反正我一路空手，还不如帮青丸姐姐带回去，省得待会又得来取一趟。"

青丸笑吟吟地回答："那你等会，还差一点了。"

小豆子点点头。小豆子的鞋子破了一个洞，青丸看见新近的线条密密细细地缝着。青丸充满歉意地望着那些线，好像这些都是她造成的一般。小豆子眼睛把整个房子环视了一遍——陈旧的桌子，上面有一块布耷拉着，也清清爽爽的，桌子中间有一个开裂的陶罐，将坏未坏，陶罐里挤着野菊、苍耳子与狗尾草。更深处是一间半掩的门，门里巨大的呼噜声。

青丸的被褥缝完。小豆子的眼光回到青丸的身上。青丸起身，叠好被褥，充满歉意地交给小豆子。小豆子抱着被褥离开青丸家。

这才发现夜幕降临。青丸急忙拾柴丢进炉灶里，噼啪噼啪蹿起火苗。青丸洗净那口大黑锅，洒了一点菜籽油，把切好的豆腐放进去，加一瓢水，不一会儿，豆腐咕嘟咕嘟地发出响声，很快起了锅装进盘。

青丸径直走到她爹成顺的屋里："爹……吃饭了……"成顺从宿醉中醒来，他双手撑在床上，坐了起来。成顺不用青丸搀扶，已经顺利到了饭桌前。青丸为爹装好饭菜。成顺使着劲地扒饭菜往嘴里填塞。吃完饭，青丸扶着成顺出门走走。地平线那端呈现一片乳白色，顶上露出一抹蓝色。成顺似乎看见了那情景，一团忧伤慢腾腾地从心里爬上来。

成顺语气有点下压，青丸知道爹应该想娘了，青丸知道，再过些日子就是娘的祭日了，果真，成顺徐徐说道："过段时间就是你娘的祭日了，一晃这么多年过去了。"

青丸没吭声。

娘的坟头在离家不远的山头。今年春天时她从山里移了一株野樱，特意种到娘坟头的右边。青丸心里想着有了这棵野樱，娘大概不会觉得寂寞吧。

早几天青丸修剪了那棵疯长的野樱，修剪了娘坟头周围的草地。青丸默默地坐在娘的坟头。几年前，她一到娘的坟头就哭。这几年她不哭了，反倒专拣好听的告诉娘。娘一个人在那边，独自过着白天，过着黑夜，独自看星星看月亮，看见好美的花也不能给谁分享，怎么还能让娘担心难过呢。青丸连爹看不见的事也没跟娘讲。

青丸讲她卜山砍柴看见的清晨最初的霞光，家外的竹林每天有风为它们伴奏，桃树上缀满一只只羞红了脸的甜桃。她喜欢秋天，各种颜色并列其间，来排练一场让她荡阔心间的舞蹈。青丸要唱一首歌给娘听，给娘磕头，作为每一次的告别礼。

最后，青丸对娘说等到娘的祭日的这段时间，她不能来看娘了。她打算拼命做些草鞋，接下来打算去山上囤积一点柴火。娘要是觉得孤单，就把话告诉旁边的樱树，樱树就像她守护着娘。青丸眼皮一直跳，揉搡着好多次了，也不见好。

讲着讲着，讲累了，她不知什么时候睡着了。青丸仿佛听到遥远的一个声音，冒着凉气，声调里像是乌云式潮湿的芯子。她又细细听，好像有一只犬吠声，在朦胧中听着特别震耳。

五

刘泼，身后有几个跟班疾步走近。卡车司机与刘泼耳语了几句，刘泼咧着脸连连答应一定要尽全镇的力量，一切力量去照顾这舞蹈队子。卡车司机赶着夜色离开了，当卡车走远，明悦看见落日斜阳镀上了金。连卡车也走了，自己真的要驻扎在这里了，因为爱，连苦也蒙上了梦幻的甜。

刘泼拥着这群上面交代要好生照顾的舞蹈队子进了祠堂，脸上堆着笑："你们先暂且住下，条件是艰苦了些，这也是没办法的事，谁都知道咱这清水镇是穷乡僻壤。也不知祖上谁取的这个名，清水镇，清水清水，哪里能来一点油水嘛。"

阮生微带窘意："刘主任，这次要麻烦您了。"

刘泼摆出一副"怪罪"的模样，佯装着生气："说什么您嘛，阮公子这是跟我闹客气了，以后管我叫刘泼就行，力刀刘，泼水出门的泼。"

阮生微笑着没有再接话。刘泼领着六人进了祠堂，说是有三间房，六张床铺，让他们自己安排。明悦皱着眉头，说了一句："啊，住这啊？"脸庞平滑的肌肤出现一道异样的粉色的隆起，恰有一束夕阳扫过，停在那道隆起，就像一束镁光灯打在明悦的脸庞，填充鹰钩鼻的丘壑，世界为此盹着了。这一幕恰好被刘泼撞见，甚至动容，动容有几秒钟，刘泼才忽然醒来，张嘴表扬明悦的容貌："这位小姐真是美，不过嘛……还是不及清水镇的青丸。"刘泼继而围着明悦走了一圈，上下打量："这位小姐一看就是有钱人家的小姐，是啊，我们清水镇是穷镇，我也希望这里富得流油，我也能捞几撇油刮刮我这空落落的肚子，哎哟，几天没有油水去喂了。"明悦不吭声。但她记下青丸这个名字，比她美的人，在她的世界里，还没有见过。

这句话被小莉听了去。她暗自高兴，她对刘泼悄悄投去感激的目光，感激他第一天居然就为她报仇雪恨。看来这会是她的"福地"。小莉呢，人缘非常好，大约因为长得不美，所有的心思都用到人际上了，凡事经她周旋，没有不成的。鲜有失手的时候，就只有这么个李峻，小莉怎么周旋，也好像那车轮上蹭的一点泥，怎么也黏附不稳，车一开动，飞出去了。

收拾出来的三间房，四个女生两人一间，听说是祠堂，都因为胆小，商量着要挪到一个房间，挤挤涨涨但尚能安心。明悦找了借口说自己行李多，并额外杜撰晚上磨牙的事，所以自住了一间。明悦总是不大理人，大约因为认为自己美，美得与世界隔出一段距离，好似不隔出距离就丧失美似的。

月色中，煤油灯下，明悦一件件收拾带来的行李——除了戏服，明悦额外带了十来件来——鹅黄呢子斜肩大衣、薄荷绿的针织毛衣、蓬蓬裙、月白的锦缎夹袄、家常的织锦袍子，纱的，绸的，软缎的。每一件都用茉莉花熏过。还有一个锦缎盒子，里面装了一支口红，听说是香港的表姐送给她的巴黎最流行的梅子红。明悦从另外的包里取出十几个木衣架子，又把每件衣服取出来，抖一抖，挂在衣架子上。满室的茉莉花香肆意地窜动。

这边，阮生与李峻共一间房，李峻让阮生选床铺，阮生选了靠窗的。李峻困得倒床就睡，呼噜一阵阵。阮生也把行李潦草地搁置在一边，他钻进了被褥里，全身蜷缩在褪了色的粗蓝布中，歪歪斜斜的针脚像是阮生的文身。卡车的颠簸似乎还在持续，耳朵被堵住了，阮生吞了一下口水，好些了，不一会耳朵又堵住，再吞一把口水。祠堂外像是有什么声音在叫着，颤悠悠地一声，凄厉地再一声，"嘣嘣"有人敲窗似的，阮生不确定是什么，起了床去看看窗外是什么。

原来是一只啄木鸟正敲窗檐。窗外一顶满月，他想起一千里之外的家——他阿母估计此刻也睡不着，他以决裂的方式与父亲抗衡，阮母知道阮生是必败的，但又说不动父子二人，只能夹在中间白白受两层气。他落寞地回到床上。侧着睡，睡不好，换个姿势也不舒服，最后平躺，两只手叉着放在头下，不一会儿发麻，阮生的手摸到被褥上缝的线，歪歪扭扭的一条线，反复地抚摸着，像是挠痒痒，孩子枯燥的游戏，却不亦乐乎玩啊玩。渐渐地，他蒙蒙眬眬间即将要睡着，有个少女向他款款走来。他浑身抖了一下，发现是一个极其轻浅的梦。

啊——啊——啊，几乎是号叫，叫醒了祠堂里所有的人——

一只蜘蛛在小莉脸上爬过。炸开了锅的女生房间，李峻冲了进去，只身穿着睡衣裤地冲进去，发现只是一只蜘蛛，再发现自己穿着的失态又赶紧回去，小莉看见李峻眼睛里有焦急，不由觉得幸福，那真是一只有福气的蜘蛛。再返回到被褥里，小莉心提起来，慌得很，怕是蜘蛛又要来。把脸埋进被褥，不一会像是呼吸就要被夺了去，可脸放在被褥外头，这也不对，不对到恐惧的程度。那一种恐惧，把每个毛孔都堵得严严实实。

回来时李峻多走了几步绕到明悦房外，等了一分钟听不见什么声音，李峻放了心，往房里走。李峻回房后，阮生这才醒来。

李峻看见醒来的阮生望着他："刚才女生那边有只蜘蛛……"

阮生："噢……没什么吧？"

李峻略有埋怨，他想起刚才的春梦，被这号叫终止，空荡荡的："能有什么事，一只蜘蛛，也是乡下来的，蜘蛛哪能没见过，还怕什么蜘蛛。真是，吓我一跳。"

阮生又"噢"了一声，弱弱地说了声："我怎么能睡得那么沉，一点声音都没听见。"

李峻回到了床上，很快又睡着了。

月光下，阮生看见床褥那条歪歪斜斜的线，他不由自主用指尖摩挲着。他忽然从显赫家世搭建的空中楼阁中跌下来，跌到了这真正的世道里。刘泼就是那个接口。他当然也不知道，他的人生会和白天的那个刘泼发生深刻的关系。

茫茫人海中哪个人是礼物，哪个人是携暗器夺命而来，有谁分得清楚呢。

六

大片大片朝霞映照着清水镇。青丸背上了竹筐，哼着小调准备出门。先是默唱，接着小声唱，渐渐控制不住，大声地唱起来。青丸完全沉浸着。父亲呵斥住嘴，青丸这才发现爹大口喘气地颤抖地站在她跟前。

青丸被吓到了，从来没有见过爹怒成这等模样——鬓角的筋也因为怒气而鼓起来，像是会动的蚯蚓，一张一翕地游动。蚯蚓好像突然张开大口，冲她咬来，她吓得连连后退。成顺几乎是狰狞的面目，他用他的褐色的哀伤的眼神望着青丸，尽管他看不见，但眼睛怒目圆睁。那双手竹竿似的，岁月把他彻底打垮了。像是霜天狂风，猛烈吹着柿子树上岌岌可危的一颗霜红柿子。怒气罩在成顺身上，怒气足以让一个人咧开嘴，吐出一张不同寻常的脸。青丸赶紧跑出家门。

青丸抬头看见风将云吹远了，又有云飘来，云朵在空中漫步。微风吹着古樟林的声音和喜鹊的叫声呼应着。她看到一朵褪色的野花从枝头脱落，花枝因重量减轻便往上弹了弹。她蹲下把花捡起，装进口袋。她又不由得哼起小调，朝前走着。

阮生早早地起床，顺着一条道，往树林那边走去了。越往深处走，他越觉得这个地方好像什么时候来过，是在梦中吗？不知道，但这里的气息他觉得熟悉极了。阮生继续往前走，在将拐弯还未拐弯时，他脑海出现一棵巨大的古樟树，他拐弯过去，真的一棵巨大的古樟树在不远处。那棵古樟树被清晨的雾气笼罩着。辽阔的天空中有鸟鸣叫。阮生也吓了一跳。

阮生朝前继续走，看见岸边丛生的柳树的树梢，以及对岸那仿佛经谁啃过而弯弯曲曲的边沿。对岸的远处，在乌黑的山丘上，镇上的房子像是受惊的小鹌鹑似的彼此挤挨。山丘后边是满天的朝霞，正在渐渐明亮起来。目前出现一条暗红色的长带。长带罩在一间房子上，斑斑点点的白灰墙、瓦房顶和灰泥脱落的烟囱。这一间很小的房子，全都隐藏在苍翠的树林里。

此时全世界只剩下他一个人。什么都是他的了，阮生大喊一声，声调中有一种狂喜。阮生找到了一个练功的地儿。在这样的时分，只穿一件薄袄，束了布腰带，绑了绑腿，自个儿在院子中练功。踢腿、飞腿、旋子、扫堂腿、乌龙绞柱……全是腿功，阮生反复练正反两种，正的练习得很顺溜，反的不容易走好，他继续练习。

这时，一个人蹦到阮生跟前，把阮生吓了一跳，连连后退。是一个二十岁上下的姑娘，她打量着阮生："咦，你从哪冒出来的，怎么从来没有见过你？"

阮生从被吓的情绪中整了整，正了正。阮生看了看，对面是个美丽的姑娘。只是口鼻间的距离太短了，据说那是短命的象征。

阮生道："我刚来清水镇，差不多五天了。"

姑娘指了指，比画了两下刚学到的动作——踢腿，问道："刚才是在做什么？"

阮生释然，原来人家对他练功有兴趣："哦，练功。"

姑娘追着急急地问："可以教我吗？"

阮生略一迟疑。这时听见有人在喊"春喜"，远远的一蓬又一蓬喊声跌宕过来。这个叫"春喜"的姑娘匆匆跑走了，有点儿不正常似的。阮生又回到练功上来。

明悦听说阮生清早就跑出来了，她也跟着。初秋了，清水镇已经有了微微的凉意。她裹紧了自己，往前走。

半路上，刘泼迎面而来。刘泼老早就看见明悦了，彤彤的耀眼的无法忽略的一团。刘泼布满谄媚的笑容，等到两个人迎面，刘泼的脸已经酸痛发麻，已经笑得太久了。

刘泼谄媚地笑着叫道："明大小姐，早上好。"

明悦看不出表情，一种极为淡的语气："刘主任好。"

刘泼继续追问道："怎么，住得还习惯吗？"

明悦本来想讲一下这里的条件有多艰苦——必须自己打水洗脸，茅厕离得远，张开的嘴巴换成另一句话，语调转为急切，"刘主任，青丸是谁？"

刘泼有点儿奇怪，问道："青丸，青丸怎么了？"

明悦反应过来，自己的失态："噢，没什么……"

在美这件事上，一个人总渴望能把所有比她美的人魔法变走，自己做人堆里的最貌美的女王。青丸还未被明悦见过，就快要成为明悦的敌人了。这嫉妒悄无声息地驻扎下来。此时明悦也不知道她心头的爱人，有一天也会被青丸夺了去。她们两人见面是不久以后的事情了。

但在那时，唱着小曲的青丸正在去赶集的路上。不知从哪有歌声传来："云儿轻轻，草儿青青，大树后面有鸟声……蜻蜓飞飞，鱼儿追追，小猫跑来扑蝴蝶……"

阮生停住了脚步，这声音仿佛是熟悉的，闭上刷子般长睫毛底下的眼睛，似乎想找出这个声音是从哪个梦境过来的，还是前世，他说不清楚，但他知道，这个声音让他一听如故。他紧着把声音匣入心口，声音像沾着金光的河流朝他的心口涌去。

突然有更响亮的声音如浪潮叠涌而来，歌声被盖下去，沉入了海底，消失了，阮生着急又恼怒地睁开眼。"阮生……阮生……"阮生听得出是明悦的声音——娇嗔又孩子气的任性，甜也是甜的，像他往日吃的糖，咬一口下去可能要崩掉牙齿，让人惆怅。

声音越来越近。

"阮生，你在这啊，找你大半天了。"是秋天了，清晨有了寒意，而匆匆跑来的明悦额头上渗着晶亮的汗珠。

"一大早醒了，就到附近随便走走。"

"我还担心你有什么事，所以跑出来找你。"

明悦觉得自己有些失态，又补充道："是大家派我来找你的，说商量一下我们要排的剧目。"

"一走走远了，害得大家担心了。"

阮生又说了一句："这清水镇的风景真是怡人。"

这谈话轻飘飘的，像是远处山头漂浮的一片薄薄的云。这时，雾气像云烟一样蒙蔽了野花，小河，草屋，蒙蔽了一切声息，蒙蔽了归去的小路，也往明悦心里蒙上了一层纱。

<h2 align="center">七</h2>

戏团队子开始了排戏。这次阮生想排一场关于恋爱的剧。他们六个开会，后来李峻提议可不可以排《西厢记》。众人纷纷同意。青年男女常常对爱有一种近乎狂热的膜拜。尤其是小莉，就算演戏也单挑有关爱情的演。

李峻建议把舞台搭在祠堂的前面，阮生想到那天经过的山前有一片平坦的宽阔地，也是一个好的选择。选角方面，李峻却意外地自荐当张生，《西厢记》早就被李峻读过不下于一百遍。他之所以苦读这个剧目，是等着有一天舞台上的聚光灯停在他的身上。他不甘心总是成为阮生底下的老二。明悦是反对的，明悦称阮生是最好的人选。阮生却拱手相送。他此次出来，只是与家庭作战的权宜之策罢了，排戏是可有可无的事。既然李峻迫切需要张生的角色，那就给李峻，阮生顺水推舟。他时常想着那个声音，来自哪里呢？

这个学校里公认的最好的队子，他们排的戏上演，学校的礼堂爆满，人头攒动，座无虚席之外连走道上都坐着人。明悦总是女主角，一下台顾盼生姿，许多男生吹着口哨。明悦是习惯了，在爱情里当女主角，绝对的女主角。可她却极其不走运，爱上了一个不爱她的阮生，一瞬间坠下去，低下去。

明悦和小莉，一个是崔莺莺，一个是红娘。至于相随的其他两个女生，一个叫九月，一个叫春分。一叫她们的名字，就好像与岁月握手似的，让人怅然所思。九月和春分则演了阻碍莺莺与张生爱情的老夫人以及老夫人的仆人。平常在学校总担当主角的阮生，这次选了一个最小的人物，几乎没有台词，时间腾出来，放个空也好。

阮生在寓所里常常不自觉地唱起："云儿轻轻，草儿青青，大树后面有鸟声……蜻蜓飞飞，鱼儿追追，小猫跑来扑蝴蝶……"

小莉跑来找李峻，却发现屋里唱歌的阮生，扑哧一笑："阮兄哪学的曲子，好听，好听。"

当阮生意识到自己的失态，不好意思地笑了，支支吾吾地，转过脸去，稍微整理了一下情绪，微笑道："哦，这些天我在研究这种曲子要怎样用到戏曲舞蹈上。"

忽然安静下来，李峻不再说什么了，这空白里静静的有一种杀气。李峻身上有把看不见的刀藏在他心里。

墨一般的宁静。这天的夜里，月光透过窗户，一抹打在阮生的脸上，高耸的肉的鹰钩鼻，一张一翕地耸动着，影影绰绰中总觉得阮生不一样了。阮生没有睡着，他的手不经意触到被褥上的歪歪斜斜的一条线，不知为何，他又忍不住反复地摩挲那条线，仿佛是手与那条线的吻，缓慢地一个吻，一个吻盖过一个吻。

阮生的被褥上有一个巨大的洞，大概是缝这被褥的人手脚太轻了，轻得经不起稍微的一折腾，被褥上歪歪斜斜的线断掉，露出一个巨大的嘴巴，陈旧的棉花芯子含在里头，像舌头。

李峻忽然发出声音："阮生，有件事情……"

阮生是被吓了一跳，他以为李峻睡着了，他停下摩挲被褥的手，整个人全身心地停滞下来，等着李峻接下去要说的话。

停顿，有一两分钟的停顿，李峻好像是在思考，阮生的全身心等待，因为屏住气息，有些累，他换了一个睡姿，这沙沙的声音打破了整个房间里的寂静。

"你能不能把明悦让给我？"李峻不由自主地声音里带着恳求。这一句话哐当一下把世界的寂静都打破了。

阮生："明悦从来也不是我的，谈不上让我把她让给你。"

李峻："可是，我知道她喜欢你……"

明悦这才在阮生的脑海里清晰起来——明悦，就像她的名字，是明亮的，喜悦的，大家小姐式的丰腴与骄傲，并且她跳的舞是学校里最好的，爱慕者不计其数。可阮生想了想，为什么自己对她没有动过心。大概是他们两个太同一质地，都是名门贵族，阮生的父亲是教授，后来从了商，而明悦的父亲身居要职。明悦有的，阮生也有，可是阮生需要一点他没有的东西，至于什么是他所没有的，他还没有想好。对于爱情，阮生的理想对象是能够填满他生命空虚的那一部分。

阮生陷入了沉思，李峻以为阮生不愿意，李峻几乎哀求地道：

"你条件那么好，喜欢你的女生那么多，你就把明悦让给我吧。"

阮生这才醒过来："你误会了，明悦不是我的，都不是我的东西怎么让给你？"

李峻的声音沉下去，不再发出声音。

阮生又补充了一句："放心，我没有喜欢明悦。"

李峻像是得到定心丸："真的吗？谢谢你，阮生。那我把主角让给你。"李峻的语气里雀跃的有一点点细碎的甜撒过来，他把他看中的第一主角作为爱的交换。是啊，这是他所有里最有分量的东西了，第一主角，他等待有四年了，在这四年里，李峻无数次地自己偷偷地练习《西厢记》里的张生，一百遍了吧，一百遍的练习是期望有一天他能够当主角，他必须用十二分的努力来达到他的目的，他不像阮生，天生自带的艺术气质，这种天赋是让人绝望的，因为所有的努力与天赋相比，微不足道。

阮生道："不，不，这次你演的张生非常好，理应你来演，我就跑跑龙套就行了。"

李峻一时不知用什么来交换阮生的恩情，也不知道拣什么语言来表达他的感激，忽然房间里又寂静下来。月亮照在李峻眉头上的一团喜气上，又出一抹照到阮生身上去了，从阮生的鼻子徐徐往下照着，此刻月光照在腰间了，一抹，像是临时系上了一条玉腰带。

一切都静止了，清水镇的夜鸟在懒洋洋地拖着长音发出抑扬顿挫的长音，仿佛有片羽毛在心口上拉了一拉，痒。相思从未有过地冗长，这是阮生不曾有过的感受。他从前不也照说，他什么样的女人没有见过。

月亮罩着整个清水镇。青丸低头织着毛衣，已是半夜了吧，青丸打了个哈欠，站起身来，伸出白色的若凝脂的手关了灯。窗外月亮的光闯进房来，一抹照在青丸的脸上，像是一座含着光的圣洁的瓷膏像。

天快亮了，九月的下弦月，低一点，再低一点，沉了下去。地平线上的晓色渐渐升起来，像是裙裾，一片红，一片紫，一片蓝，一片黄。太阳最终越过地平线。

太阳热辣照着戏台上的李峻。秋天的日光弥散在空气里像金的灰尘，微微呛人的金灰，揉进眼睛里去，昏沉沉的。李峻几乎假戏真做，他渴望永远停留在舞台上编织的张生与莺莺的爱情里，他声音极低，低低地，又低低低下去："我就是个多愁多病身，你就是那倾国倾城貌。"明悦的声音从一团金黄色的肉体中传出来，连声音也沾满了黄金屑子，溅到每个观众的心底，开出一朵朵金色的小花。

明悦并不理会李峻，一板一眼地照着台本，该娇媚时娇媚，该忧愁时忧愁，分寸掌握得恰恰好，没有多余的一点点情与李峻对应。看在眼里怒在心里的小莉，偏偏扮演红娘，她恨不能成为台本上的老夫人，硬生生地拆散他们去。

八

一天早上，青丸跑到香樟林里头拾了一把柴火背回家。这一天，阮生不知道怎么走到了一个地方，好像有声音，听不真切，阮生竖起耳朵凝神听去，可是风来了，阻挡着他，他是听不真切的，听不清楚。一会儿，只觉声音越来越近，他终于听清楚了——"云儿轻轻，草儿青青，大树后面有鸟声……蜻蜓飞飞，鱼儿追追，小猫跑来扑蝴蝶……"又是这个声音，分散成许多许多片，就像他的心被分成许多许多片，每一片都写着这个声音。忽然阮生脚麻得抽起筋来。阮生按摩双脚，等待脚麻像潮汐退去，而那心底激起的潮汐却凶猛了起来。

青丸没有想到大清早在这条路上会遇见一个并不相识的人，吓了一跳。阮生也朝青丸发怔。

还是阮生打破海水一般的沉静，他先说："你怎么能唱歌？"

青丸一怔："我怎么不能唱？"

阮生发现自己有点语无伦次，他日思夜想的那个声音，是面前的这个青丸——阮生的脸涨得通红。青丸的脸也红了。

"你唱歌真好听。"阮生这样一句，直接让青丸羞得更加脸红了，一笔厚重的绯红重彩打在脸上。耳根子里也羞，眼睛里也羞，羞得额头埋进了衣领，阮生忽然看见青丸的右耳垂那颗青痣，一惊。他定了定神，又恍惚起来，恍惚间青丸的脸渐渐虚化成一朵淡淡几笔的白牡丹，额角上三两根吹乱的刘海便是风中花蕾。

青丸羞羞地回答："只是偷偷地唱……我爹……我爹平日里不让唱。"

阮生："噢，不让。"

青丸低着头，小声道："是的。"

至于为什么不让唱，青丸没有说。

"不让"，这个词听起来耳熟。原来每个家庭都有"不让"

的威严。阮生想起自己的父亲，仿佛脖子上正架着把利刀。

阮生望向一朵娇艳的玫瑰青丸，对着玫瑰，开始吐露花语，花语的第一句便是"我是阮生……"

"青丸……"

"青丸，名字也好听。"

青丸更加羞红了脸。她连忙转过脸去回避这份羞涩，就在那个瞬间，青丸心里头左手食指迅速绕过右手拇指，绞在一起，打了一个千千结。

这时，"春喜……春喜，你在哪里"这个急切的声音从远处传来了，越传越近。青丸一转身，蹦跳似的从阮生跟前走开了。空气瞬间快速颤动，好像有一个拨浪鼓摇动。阮生恋恋不舍地把眼睛从青丸的背影处收了回来，又一步一挨地把自己运回。

他觉得周围的一切都让他烦躁不安。青丸柔软白皙的脖子像花一样，她的胳膊又像是杏仁一般闪闪发光。他等在那里，满面的春天都向他微笑。

阮生回到祠堂，看见小莉洗东西，小手绢子贴满了一墙，苹果绿，琥珀色，烟蓝，桃红，竹青，一方块一方块的，有齐齐整整的，也有歪歪斜斜的，倒很有些画意。九月在镜子里望见了春分，小莉望见了九月堆上笑来。忽然有只体型小巧的鸟飞来，对着祠堂的门栏猛地啄。

"那是啄果鸟。"

"明明吃虫的，为啥叫啄果鸟？"

"因为啄果肉里的虫呢。"

三个人笑得打卷，小莉终于止住了笑，那两个卷在一起狂笑，想要站起，又笑走了力气，小莉伸手把笑倒地的九月和春分一一拉了起来。

这时李峻不知从哪找来的泉水，专程给明悦送来，明悦从不拒绝李峻的示好，她是习惯了的。明悦摆出明媚的笑容，李峻在笑容里以为他出身平民没有钱财但有一颗心就赢得了美人心。坠入情网的人是极其危险的，任何对方的风吹草动都是潜台词。小莉看在眼里，故作不舒服，呸呸呸，呸了一个上午。

九

戏团队子终于习惯了清水镇的生活。

小莉最快跟清水镇熟络起来。"请告诉我怎样才能走到青丸家?"走一段地方,她又问"青丸家是这样走的吗?青丸家还有多远?"清水镇的妇人们没见过这么有礼貌的女大学生,妇人们无不热心地告诉小莉她想知道的一切。

清水镇的妇人们有告诉小莉这里有个女疯子,叫"春喜",毫无预兆地大笑,毫无预兆地大哭。发起病来拉着男人就叫"施公",厉害的时候还不害臊脱衣服,她娘成天守着她,生怕出点什么事。这春喜叫人看过,据说是被火神捉了去,身上有某种火,一不小心随时可以引发一场大火,叫人看仔细了。哎,人倒是长得伶俐,可惜了这么个女娃。

小莉以一种打破砂锅问到底的架势,又得到另外一些信息——春喜不全疯,不发病的时候就像个正常人。

小莉又顺势问起青丸——年纪大的妇人悄悄在小莉耳边说起:"青丸娘当年是自尽而死。那年,生下青丸,有一天唱着《春风谣》被人听见起了歹念,青丸娘无法面对成顺,留下一封遗书,寻了短见。"小莉脸嗖地红起来。

妇人继续说下去:"但青丸这孩子是出了名的乖巧,这些年她爹瞎了,一个人撑起整个家,还经常帮年纪大的人挑水砍柴,很小时就没了娘,爹又瞎了,命运待她不公啊。"

其他的妇人也无不摇头，叹息。小莉趁机溜了出来。

当晚，小莉一五一十把听来的事情在宿舍里公开了，引发一场炙热的讨论。无不是可怜的口吻，人哪，悲剧永远是听来的，别人的。最后，她们竟然对春喜这团火产生了浓厚的兴趣。

九月说道男人才有爱情，而女人总是因为一个男人对她好，她就屈服了。小莉反驳道："男人才没有爱情，哪怕有，也是乌坨坨的一块带着肉欲的，如果得到了，他对女人的爱情就结束了。"

小莉想到自己随口说的肉欲，她不由脸红。就在前几天晚上她做了一个和李峻在一起的梦，她穿薄薄的纱衣，几乎是透明的，如山顶般的胸部，一跳一跳，无不是刺辣辣的肉欲，李峻深情地望向她，走向她，几乎要吻到她，却被春分半夜里叽里呱啦的梦话中断了。一个未完成的春梦。小莉徒劳而无奈地醒来。她不想醒。她惆怅地转头望见窗外，下身有一种说不上来的空虚之感，连月亮也仿佛蒙上了一层未曾尽兴的纱。窗外的月亮听了她们的谈话，躲到云层后面去了。

来清水镇整整一个月了。

刘泼有一天前来送东西，问着戏团能不能给镇上演一场，一来呢，也算汇报一下成果，二来则慰问一下清水镇的乡亲。这阵子赶上秋收，乡亲们一个个赶着收抢稻子，也是累坏了。至于曲目，随便什么都行。戏团几个人觉得刘泼句句在理，答应了下来。刘泼眉开眼笑，决定戏台搭在祠堂前面。临走时，刘泼问可不可以让镇上的人都来看看。多少年了，战乱之后又逢几年的天灾，一蓬蓬慌乱之下，清水镇没有搭过戏台。

刘泼带着一伙人七七八八搭起了一个台子。大家干劲十足。清水镇其他人也顾不上手上的活计，往戏台这边涌来。清水镇很久没有这样的热闹。

戏总算开始了——小莉扮成红娘模样，登上戏台，人们迫不及待就鼓掌叫好，明悦上场，接着李峻，甚至等不及他们上场，人们就急切地鼓掌，一阵盖过一阵，浪涛似的掌声把这个舞团的每个人惊到了，他们曾收到过雷鸣般的掌声也不及那时那刻。青丸也挤在人群当中，等她发觉手已经肿胀发红，才知原来她的手也一直没有停下。正在候场的阮生看见了这种景象，也恍惚了，好像那时那刻世界褪去所有，在那个舞台上，戏子又仿佛变成了观众，观众变成了戏子。

本来只预演这个月来的排练《西厢记》，但人们太热烈了，不肯走，他们又多演了几幕其他的戏。

这之前人们弓着背哈着腰局促在自己的小日子里——扛着一把铁锹在田垄上铲土，旱涝了把河里的水引到田里，或者养几头牛、几只猪赶上年尾给卖了，至此养活了自己，顺带把一家人也养活，这里的人们这样胡乱生活了好些年了，也有些倦怠了。

这之后，人们有事没事就跑到戏团的排练场。妇人们把稻谷晒了，赶忙跑到排练场，中途起个身再去翻翻稻子，直坐到快要做饭了，才恋恋不舍地起身回家，回家下厨那个迅速，吃完饭洗毕又赶到排练场，坐到深夜，坐到连月亮也下山。男人们也来，三五个分散着坐着，抽着旱烟，等着一两个出来耍身段。

在戏里，人们把自己搁置起来，烦恼也一并搁置。像是谁家——清水镇出了名的懒汉家，家中米缸也只剩几粒糠皮，成天往这里跑，好像看戏能喂饱他似的。还有那谁家，春喜的娘也丢下春喜跑来看戏，哪怕戏场上没有人，也惘惘地张望着，好像戏能把她的春喜变成正常人似的。在戏里，容许人们做梦。

这是清水镇最快乐的一段时间了。

人们更加信赖刘泼的领导了，虽然只是个小小的主任，但刘泼的话从此更加有分量。同时刘泼决心把戏团照顾得更好。

一天，听说有一床被子破了一个洞，刘泼把这件事交给陈慎芝。说是也没什么值钱的东西，趁着他们练功，速速缝好。而陈慎芝刚刚接下隔壁镇上的一大单生意，时间赶得很，让小豆子去喊青丸姐姐。

祠堂没有谁在，戏团的几个人都外出排练。两间上了锁，有一间是虚掩着，青丸悄悄推门进去。她一抬头看见自己缝的那床被子，正在靠里头的床上，叠得齐齐整整。这边的床铺乱极了，青丸不由自主地走过去，打开被子，逐一仔细查看，这头没有发现破洞。又走到另一被褥前，铺开，发现一个很大的洞，青丸立刻脸红，烧到耳根后去了。青丸掏出针线，坐定下来低头缝被子。

阮生恰好走进来。一惊，又一定神。

阮生不禁笑起来，语气中闻得到甜味，长长一声："青丸……"

青丸闻到了甜味，转而娇羞："这是你睡的被子吗，都怪我的手拙，让你睡烂被子，像那床是慎芝婶子的手艺。谁知你运气这么差，六床被子有五床是手工好的慎芝婶缝的，单单就你拿的最差的。"

他想起这些日子，摩挲着那歪歪斜斜的线条，不知怎的有一种说不上来的倚赖，原来，上天是有寓意的。他们还没有见面，可，那些歪歪斜斜的线条，冥冥之中让青丸的手与阮生的手早就握在一块了。是的，在他们还没有正式见过之前，他们的手似乎握在一块了。

青丸很快缝好，起身告别。青丸所经过的一草一木罩在阳光底下，空气给照得透亮，像是倒扣的蓝的碗，整个清水镇都闪闪发光。

十

青丸对阮生的第一感觉，在日后不断回忆当中才清晰起来。当初像是梦一般，糊涂了。幸福的时光若有人相告就好了，可是无人相告。这回忆变成痛苦生活里唯一一点子光亮，日后反复抚摸。

有一幕是这般上演的——阮生摔了一跤，出了血，青丸顺手采了白茅根，青丸着急地把阮生出血的手指往嘴巴里塞。正来找阮生的明悦在远处看见了这一幕，想不到就这样看见了。

当青丸触到阮生的一瞬间，就像有一道闪电直接打在阮生的心脏上。

"当年我爹还看得见，有一次我不小心划了手，我爹也采了白茅根来止血。"她的话早就说完了，在他耳边荡啊荡。

"你爹还说什么。"

"我爹说，别看植物不言不语，但每一棵都不平凡，每一个都有秘密。"

"秘密？"

"嗯，每一棵植物都有它的秘密。你就单看一朵地丁花，它的根扎在土里，土之下是潮湿和黑暗，但它经历一个冬天的黑暗却开出初春最美的花。我爹还说，美景短暂，就像树上的一个桃子，甜美成熟旋即变为死亡和凋零。"

秘密，噢，秘密。秘密有时就像某种炎症，挠一挠就会让人战栗般的舒服。

有一幕上天这样安排了一场戏——这天，青丸去山上捆了把柴火背回家。半路听见一个声音——啊——啊——啊，应该是练声。走近，青丸看见一个背影——粗硬的短发在他脖子上有如黑马的鬃。是他了。她的脸红得直冲到耳后根，这一下被回过头来的阮生看见。阮生站在那，笑着。这笑容像是波浪。一浪一浪地，冲击青丸甜蜜的心弦。

阮生轻声问："想学吗？"

青丸点点头。

青丸接着说："今天不行，太晚了。明早，行吗？"

"当然，就这个地方。"

青丸又点了点头，背着柴跑起来，像一阵风。

第二天，阮生穿上一件讲究的青布褂子，又觉得这么讲究去赴约有些傻气，特意将布片卷了卷，发皱，这才妥帖地走了。一朵扎在头上的绢花不断变换位置，青丸已经在镜子前照了不下十遍。总觉得不妥，以至于临到出门随便戴上就匆匆离开家。

阮生肚子里装满饱满颗粒分明的一粒粒甜蜜的米饭，心里充满了前所未有的快乐。清水镇香樟林莺啼婉转，那就是青丸对阮生发出的爱的声音。

香樟林中，阮生对青丸微微一笑道："戏曲里头有两句谚语，千斤话白四两唱，说的呢是得脚底有劲，嘴里有劲，才有吃戏饭资格。如何念嘴里有劲呢，在墙上贴一张白纸，对着白纸用力念，念完细看纸上无唾沫星子，方算够格。那如何能练脚劲呢，每天都要走一两个钟头，这要走一两年的工夫。"
阮生以为青丸要打退堂鼓，谁知青丸定了定气，语气中有块
磐石压着似的："开始教我吧。"

阮生报之一笑。那就先念唱吧。青丸的嘴唇努力地绞扭，个
时露出舌尖，每个音都吐得一本正经，实心实意。之后，他
手把手地教青丸身段，青丸咬着拇指，她的每一个稍大的动
作都使他咬疼自己。青丸仿佛特别灵通，在戏剧上，一点即通。
很快，青丸会各种手势动作，有欲摊先按，欲拍先提，欲托先端，
欲推先合。手、眼神徐徐延长的送神，眼神集中、眼神稳定
的凝神，也有眼球迅速上下，或左右，或环转灵活的运神。
这之后，青丸像只小鸟振翅欲飞。

青丸和阮生，日子就像冬日的棉絮，谁家拎出来晒被子，浑
身沾满阳光粒子，藏也藏不住的快乐。又过了好几天，时间
缓慢得像是一生一世似的，青丸学会了所有的动作。

阮生问青丸："你想不想排场戏？"

青丸问："我行吗？"

阮生点了点头。

精彩的一出戏是这样设置——阮生在青丸的眉心一吻。一颗

在荒野里苦苦寻找的心，在颠沛的海上毫无目标流浪的心，在狂风暴雨中瑟瑟发抖的心，在冬天缩在黑暗的泥土里的心，那颗心是阮生的心，一枚锈透的心，忽然在那一吻中，阮生看见了神圣的高山也同时看见深深的海洋，那颗心顿时卸下千军万马，就像驻扎在一个亚热带的岛上，他和他自己重逢了，青丸是那座桥——他踏上桥，走到对岸去。

青丸注视着阮生的眼睛是那么幽黑，柔和，有说不清楚的热情。这让青丸十分感动。那一刻，她忽然生出一种说不清楚的决心——她有一种新的安全，新的力量，新的自由。青丸迎了上去，这长吻之后一系列全然不同的吻——圆的、扁的、新的、脆的、冰的、细的、蓝的、紫的、甜的、黏的——都是之前阮生调教女人的经验，他引导着她，进入一种前所未有的探索。

闭上眼睛，阮生看见有十几个女人，一个跟着一个，朝他走来，只是个昏黑的剪影。那些是他从前的女人。好像那是一种富家子弟的身份胁迫，胁迫他蝶恋花丛，一种从心深处长出的猛烈的愧疚，推动着阮生的泪腺，止不住。阮生觉得上当了，在最初投胎这件事上，他上当了。他是阮家的公子，他是学校的头牌，他是采花大盗，唯独他不是自己。在那一瞬间，他哭了，哭得像个孩子般委屈。泪，沿着青丸的锁骨，往下滑，滚烫的，像是灼烧青丸的魂灵。青丸不曾见过男人的眼泪，她蹙在那里，慌然无措。

猛然发现，太阳照在头上，平日里正蹙在巴掌大的厨房为爹做午饭。青丸来不及说点什么，一路往家跑。刚到家，雨大颗砸在瓦砾上，整个天空乌云四起，霎时家里黑魆魆的，青丸赶紧点了灯，小灯里的煤油快烧完了，灯里冒着黑烟，灯又暗下去，墙上的影子一团一团胡乱跳动着。

青丸麻利地做好饭端至爹跟前，成顺把眼睛望着她，好像看穿青丸的心似的。青丸不敢再看爹的眼睛，找出个"要去洗锅"的借口从爹的房间匆匆走出。

十一

这天，刘泼给戏团送来新鲜的荔枝，九月可吃得美滋滋的。小莉进来，桌子上一大半的壳来不及销毁，九月抬头见到后头还跟着的春分，有点慌张失态，连忙停住，不好意思："你吃吗？"

小莉问道："哪来的妃子笑？"

九月嘿嘿笑着答道："刘主任刚才送来的，看荔枝一个个鲜红鲜红的，都忍不住吃了起来。"

小莉顿了一下："我从小就不喜欢荔枝，我记得还是上小学时听杨贵妃的故事，就讲到荔枝，当时唐明皇也是爱她，知道她爱吃荔枝，就命人专门从四川运到长安，累死了多少匹马啊。我一见荔枝那鲜红鲜红的壳就好像看见当年马流的血。"

九月连忙把嘴里正吃的荔枝吐出来："你恶心不恶心，我都没法吃了。"

黏黏腻腻的两只手，一阵上浮的恶心感，九月跑出去洗手。小莉总是这样，不饶人。盘子里鲜红的荔枝很快就变黑，就像一个漂亮的女人脸上长出的黑斑。

青丸家的桌上也有一些刘泼送来的荔枝。这次青丸脸上突然浮出一朵硕大的笑容，倒把刘泼吓了一跳。往日青丸身上总隔着樊篱，闲人免进的神情。刘泼一路回味着青丸的笑，经过溪头，他特意在溪水照了照，今日和从前，他还是那个刘泼啊。

青丸把荔枝都洗得干干净净，成顺吃了九个。青丸的口水泛出，细手剥开一个，惨白间泛红的果肉，青丸吃了一个，紧接着又吃了一个。忽然起了身，站起来，找了竹片结成的小扁筐，拣了二十颗，青丸出了门。路上，青丸发现小溪、竹林、香樟树、树木、空气、太阳都对她说同一句话，可是之前小溪对她说小溪的话，竹林说竹林的话，香樟树说香樟树的话，太阳有太阳的话，不同时节它们对她说不同的话。青丸走了一路，耳朵净是同一句话，阮生说的话。

陈慎芝家的门口，遇到正往外走的小豆子，手里拎着一个袋子，鼓鼓的。

"小豆子，干吗去呀？"

"青丸姐姐，我给人家送荷包去。"飞一样地跑走了，远了。小豆子年复一年里长成一只活动的邮差，一头是顾客，一头是娘的手艺。

青丸正想从筐里取颗荔枝，剥了皮，送到小豆子嘴里呢。也是干想。屋内的陈慎芝听见对话："青丸，好多天都没来了，快快进屋来。"

进屋的青丸见陈慎芝埋头缝红红的布块，桌上堆得到处都是。陈慎芝发现一门新的生意——绣荷包，爱情的信物，最近的时兴货。吃了几颗荔枝，甜嘴嘴的，密密匝匝，甜到心里去了，甜得陈慎芝想起了成顺——那甜蜜的过去的月夜。

"瞧，像我这样。"陈慎芝把布剪成两片心形，起针小心翼翼地缝线，把缝好的倒翻出来，塞进棉花和香料，再把缺口封住。

"看上去像是把心翻出来,最后再把心封上口。"青丸不由感叹了一句。

"要像把一颗火热的心交给心上人那样,细细地下每一针。"

"噢……"青丸若有所思的,忽然问了一个难开口的问题,"慎芝婶子,你有心上人吗?"

陈慎芝停下手中的活,看着青丸,脸微微发烫:"有过。"

"那是小豆子他爸吧。"

陈慎芝第一时间想到的是成顺。有一次,一天夜里,白天成顺在山上采的金银花,晚上就送到陈慎芝的枕边。陈慎芝布了一床的金银花,香极了。怎么会忽然浮现那一幕?因为好像金银花的香味又往她的鼻子送,一浪盖过一浪,越来越浓,越来越近。陈慎芝觉得忽然某块冰融化了,春天好像在空气里朝她鬼笑。陈慎芝觉得毛骨悚然起来。

回家后,青丸拿出针线,她要把自己的心封在阮生那里,她也渴望着把阮生的心封在她这处。荷包前头绣上"阮",后头绣上"丸"。红晕染她的脸颊,眼睛里尽是那种喜悦光彩。

秋天的月光，扫过青丸的红晕，扫过香樟林，扫过蓝幽幽的星空，扫到明悦的窗口，忽然停了下来，原来想扫到明悦的身上，谁知倚在床头的明悦这几日都紧闭着窗，月亮照不进去。

阮生的手含在青丸嘴中，这一幅图景是谁给安在她睫毛上了，明悦一眨眼，图景倏忽间铺开，冗长的一幅图景，明悦恨不得撕了她。她果真在撕，这边撕了，那边又画上了，不停撕，不停续上。明悦折腾了好几天，手臂麻痛……到后来哪哪都痛。明悦的醋意波涛翻滚，把胃酸得不纳食。胃又离心最近，心口疼得紧。

听到说明悦病了，阮生敲开了明悦的房门。

"你可还好？吃得下东西吗？"

这一问，把明悦的眼泪问了出来。怀着爱来到这穷乡僻壤的地方，以为能借着这压缩的距离换来一点阮生心上的东西，谁知换来一个糟心的大苍蝇，向她冲撞而来，一头钻进她的身体，无情地撕咬她的心。

"苍蝇都塞满了，如何能吃其他？"

这句话让阮生听得莫名其妙。

"你吃到苍蝇了？"

明悦哭得更伤心了，泪汪汪，抬头望向阮生，问道："阮生，你爱我吗？"明悦这话似乎问得太露骨了，阮生有点不好意思起来。他好像突然明白明悦的情意，他怎么之前都不往这头想呢。这是第一次，阮生以审视爱人的眼光细细翻阅她：玲珑的曲线，穿着件鹅黄的布面旗袍，罩一件粉扑扑的毛衣，消瘦了些，不，是极瘦了，也难掩这个古典式的东方美人的明艳。

"明悦，你是好姑娘，不过我有心上人了。"

"是青丸吗？"

阮生点头。明悦多希望这是一个噩梦，她掐了掐自己，疼，知道这一切都晚了。自己失去了最爱的人。明悦捂着心口，脸色都变灰了，不想再说下去。怎么这样不自量？

阮生悻悻地走了。前一脚阮生刚离开，李峻提脚进来，端来一碗熬得烂兮兮的米粥，一口无比关心的口气，米粥养胃。明悦没有抬头，趴在被褥上哭了个梨花带雨。

李峻放下米粥，走到明悦身旁，手去扶明悦的肩。李峻怜香惜玉，认为这正是一个最合适的表露心迹的时机。

"明悦，怎么了？"

明悦哭得更伤心了，呜呜呜地发出痛苦的回想，从心发出一种近似绝望的哭泣。原本像她明悦这么漂亮的女孩子，总是前途不可限量，又因家境富庶，人生更不可测，谁知被阮生一口气给毁了。就像冬日里哈出的一口气，瞬间就被吹得无影无踪。

"明悦，你能让我……保护你吗？"最后几个字听得出来是鼓足了巨大的勇气从心口吐出的。

明悦抬起头，哭得眼睛都肿成桃核："你走，快走，除了阮生，我谁也不要。"

李峻当头一棒，这绝境明悦居然瞬间传染给李峻。李峻拖着一双失去知觉的双脚，一颗麻木的心，惨淡地回到房间。阮生正对着一张白纸哼哈地练唱。

李峻眼睛射出无情的要置人死地的毒箭，射向正背着身练唱的阮生。他一定要报复阮生，把他毁掉，明悦就属于他了。啊，多么鲁莽的感情，充盈李峻的双眼，红血丝杂乱纵横，沾满血的感情，失去控制的冲动随时都要从那双眼睛里蹦出来，伤及无辜的。

十二

清水镇最远边的山下，有一条小溪，平日里人迹很少。

这日春喜又发病，趁着她娘一疏忽，从屋头跑走了，跑到溪头，脱衣服嘻嘻笑地洗澡。

搅和着屈辱、不甘、渴望和极端，在李峻的脑海中来回冲撞，无数次他想走到阮生床前，捏起拳头……拽住了自己。一夜未眠。李峻早早起来，大脑太累了，要脚来走一走。一走走到了溪边。他听到了笑声，在晨风中鼓荡，往他耳管里直灌进去。走不完的烂石头压成的路。隐隐有奇怪的朝他心口丢石头的声音顺着风过来。

他看见了春喜。

一颗种子在缓慢地萌发。他转身急急离开。

李峻要逃，谁知春喜像是幽灵似的，朝他眼神迷离地走来，挡住了他的去路。这时，春喜走上前搂着李峻叫着"施公，你别走"。李峻试图挣脱，春喜抓得更紧，着急带着哭腔："施公，别抛弃我，求求你，别抛弃我。"李峻看见春喜柔软刚刚鼓起的胸脯，一闪一闪。体内猛然翻腾起一阵滚烫的热浪，有一种强烈的欲望在升腾，这种欲望的烈火烧得他一阵阵地燥热，仿佛将要窒息，洪水般涌起的骚动在胸腔里猛烈地冲撞。

李峻弯下身来，春喜用双臂紧紧地搂住李峻。一种不明的力量从身体的根部萌发，周围的一切立刻变得混浊起来，搅动着，澎湃，把两个人席卷到了海底。春喜在李峻的怀抱里，从一朵花蓓蕾怒放成娇艳的玫瑰花。李峻就像那阵风，把春喜吹开，催熟。

老天一定有千万只眼睛，一只眼看见春喜与李峻，一只正看着阮生向青丸求婚的场景。还有一只眼睛看见蓬头垢面的明悦，正用剪刀，将那些绫罗绸缎，一刀一刀地，碎成一堆无辜的尸首。

青丸的双眼盈满泪水。他爱自己？他爱自己。那就是爱了！他——一个高高在上的大学生，说爱她，要委身于她，要生生世世委身于她。她问自己行吗？唐突吗？在一系列的否定和疑虑之后，她好像得到了某种确定。就这样订终身了。

他们在爱情的巨澜里，搭在一叶小舟上，微风徐徐，一摆一荡，荡得人都睡着了。青丸睡在阮生旁边。在灌木丛搭好的角落，阮生把那件青布褂子脱下垫在地上，她睡在那里，一动也不动，可是身子仿佛坐在高速度的秋千上，秋天的风鼓蓬蓬地在脸颊上拍动。可是那不是风，那是阮生的吻。他们这样躺着也不知道过了多久，青丸忽然坐起身来，披上了衣，阮生也跟着起来。月亮已经落下去了，她的人已经在月光里浸了个透，遍体通明。

青丸忽然正经地问阮生是什么时候开始喜欢她的，阮生不假思索地说第一眼。一见钟情，是老套的词，可是从阮生的口中说出来，是那样的甜蜜，是一场最好的梦。

青丸的手不由得又沿着他的背部怯生生往下移，她身上蹿起一道小火焰，她把他拥得紧紧的。她贴近他，又贴近一些，恨不能紧贴成为他的肌肤。不不，嵌入他的身体，成为他的某一部分。那一刻，她试图与所有和爱情相违背的规矩对抗，她轻蔑那些规矩。如果身体不能给相爱的人，那么身体会是一朵颓败的野花。她从来没有这么热烈，决绝。

老天有万万只眼。老天看见与李峻遇见之后的春喜想采一朵花，失足掉进一口年久失修的井里。老天喊不出声，派大风呼啸，电闪雷鸣，明明是晴天。祠堂外等着看戏的齐齐往祠堂里涌。

春喜娘哭声震天。老天吹过来的风，吹乱了春喜娘的长发，披头散发，失心哭喊，刮过去一个拥抱。这是老天能做的。老天多想告诉春喜娘，节哀顺变。只有老天才看见那一刻，春喜脸上浮着浓烈的笑容。那是她有生以来第一次如此绚丽的笑容。这团笑容之后，她永远闭上了眼睛，与这个世界告别，笑着与世界告别。

这在清水镇是从来没有发生过的事。清水镇的死去的人都是在千万种受难中离去。各有各的烂根，各有各的执着，各有各流脓之所。唯独春喜，这个疯子，在生命的最后一刻，离开时笑容灿烂。

春喜的死是在事后两天才被发现，是被癞皮刘旺发现。

镇上那段短暂的快乐时光戛然而止。全镇的人都从看戏的世界直接跳入春喜的世界，都在猜测春喜是怎么死的。春喜成了清水镇的一团乌云，紧锁着清水镇。从前的春喜他们避之不及，死后的春喜他们单刀直入。

镇上把这事情交给了刘泼，让他先去查一查，疯子死了也就死了。不是什么要紧的人物，不幸中的万幸。刘泼揪紧的头皮松了松。

独有春喜她娘，抱着春喜的身体哭，哭她命苦的女儿，哭她终于可以喘口气，又回过头想想再也没啥支撑她往后的日子，也许在一片荒芜的无所事事中度过晚年，她又仰天号哭。她的眼泪变成无数条蜘蛛网，每条都沾着细小的虫子，每条虫子都仿佛是春喜。

连刘泼看了心里像塞进一块黑黑的大石头，他终于决心要查个水落石出，那刚才还稍稍松了松的头皮重新揪紧。

十三

刘泼盘问了镇上的每一个人，每个人都有证人证明他们不在现场。独有青丸和阮生怎么问都没有旁人证明他们不在现场。刘泼甚至组了一个纠察队。纠察队把所有的精力对准青丸和阮生，分开来受审。最后青丸和阮生都咬口不认，纠察队很生气，生气到又拿他们没有办法，就把他们关黑屋。

刘泼怕节外生枝弄了一趟车，这辆破烂的车来带这个戏团其他的人走。面对着这突如其来的崩溃，所有人都吓坏了，所以把这些人赶紧送走，身后的世界也终于与他们无关。刘泼最慌，因为这群人是上头吩咐下来要好好照顾的，这阮生已经卷进去了，已经担待不起，刘泼经不起再折损这戏团中的谁了。

明悦不肯走，李峻也因明悦不走。

明悦完全乱了，她哭着跑去刘泼家的路上。像是忽然丢进冰天雪地里，变成了一个实心的雪人。明悦疯狂地跑，越跑越远，这天色越来越黑，样样东西都失去原有的轮廓。山丘后面的一长条晚霞已经完全消散，天上的繁星变得越来越明亮，越灿烂…… 明悦才渐渐回到现实的世界里来，当所有的恼怒失意褪去，她才意识到自己跑了很久，不知道在哪，回去的路怎么走。啄果虫的嘴硬硬邦邦地撞向树木，又是什么——啊的一声，明悦恐惧地，像是无数双手正伸向她，吞没她……她开始哭起来，颠颠倒倒地往前走，不能停，停下来会被抓走……树林里更寂静了……黑暗中低沉地响起胆怯的脚步声……如同一世……突然一只手拉起明悦的手。

是李峻。那只手，拉起了明悦下坠的世界。

明悦甩开李峻，说着："我喜欢的是阮生，请你救救阮生吧。"说完继续往前跑。

接下去沉没的，是李峻，如一艘海上的船忽遇狂风暴雨，整艘船沉入海底。李峻几乎暴怒，他捏起拳头，狠狠地往旁边的古樟树一砸，血滴渐渐从树干滑落。

明悦走到刘泼家，刘泼问来干吗，明悦说她有话要说，她结结巴巴说自己那晚正与阮生在一起，当纠察队问在一起干吗，明悦羞红了耳根，你说，还能干什么。

刘泼当然以狐疑的口吻说，你不过是为了救他。明悦一急，随口就讲出他们在一起做的那些事情。刘泼亲耳听一个上等的富家小姐对他们讲床笫之事，又尴尬又享受，临到末尾，让明悦走，答应这很大程度上可以放阮生走了，如果没有别的意外的话。明悦感激地走了，一回头一个谢，总共十来米的距离，她几乎有道二十次谢。

明悦的家教与这是截然相反的，上等的道德的高尚的，而她居然在不相干的男人前描述床笫之欢，明悦深深叹了口气。这要让她家知道，不知要闹得怎样的惊涛骇浪。一阵阵火辣辣的冰涌上来，她打了一个寒战。

就算明悦失掉体面一心要救阮生，也徒劳了。纠察队收到消息，春喜的下身有血流出。春喜死之前一定有过男女之事。但那个男人是谁呢？

这消息像是飓风，扫遍了清水镇。

李峻心里慌极了，他怕自己被暴露。他想起远在故乡的爹娘，含辛茹苦盼着光宗耀祖，怎么能断他们的念想。

李峻忽然心生一计。这个想法像一个黑影，一只野兽的黑影，它来过一次就认识路了，咻咻地嗅着认着路，又要找到他这儿来了。

等他稍微平静，他觉得这手可能下重了，可是管不了了，他要保自己，他也要他的明悦。其他一切人等都在他俩身后自动滚远。

这是老天可怜他，估计给他一个扳倒阮生的绝好机会吧。时不可失，失不再来。

李峻自我安慰，这不是他的错，如果阮生要以命抵一命，那只能怪阮生自己。李峻愤愤地说道，像阮生这样的人，是永远不能体会贫穷是一种耻辱。况且以阮生这半生所享过的上等生活，就算死，也是值当。

他恨阮生，恨他拥有的一切。

他真的恨阮生吗？他其实不知道，他恨的只是自己的自卑。自卑就像一个如影随形的恶魔，在恶魔的指挥棒下，人们乖乖交出良心。

李峻趁着天蒙蒙亮，偷偷摸摸摸黑出门，他居然跑到发现尸体的地方，一路上好像有千万只恶魔的手抓他，他的心始终在喉咙口随时要跳出来，但自卑的力量太大，一想到明悦因为阮生关进大牢就属于他，这一种雀跃又支撑着他。

李峻终于跑到发现尸体的地方——那口井发着一种辛辣的味道，汩汩往外冒出来，还未到井边，就让人有毛骨悚然的感觉，李峻不敢走上前，可是他对阮生的恨，让他鼓足勇气往井口靠近，他弯着身子，臀部向后退，仍然可以听见他的脚跟摩擦鞋底的挣扎声。不知挪动了多久，终于到了井口，他从兜里掏出从阮生枕头下拿的一只荷包，径直丢进井里，一溜烟往回跑，好像不赶紧跑就有一双手来抓似的。

案发现场出现一件阮生的贴身之物，一个荷包，赫然上面绣"阮"下面绣"丸"。这一招无疑是要置阮生于死地的。无毒不丈夫。仿佛李峻的一切痛苦都是阮生造成似的。他把他所有的苦难，世代的苦难都归到阮生的头上去，所以，此仇不报非君子。谁让他阮家家道富庶，出身名门，永远不用担心生活费和爱情，而他李峻家世代贫民，轮到李峻是个有抱负的青年，他努力上进，使出浑身力气考上了大学，算是家族里的一颗夜明珠，足以照亮他的族谱。他的盘缠是由族里的人这个凑一点那个凑一点给凑齐的。

被关起来的阮生，不知道为什么自己就被关起来，纠察队盘问他去了什么地方，有什么证人，他不可能把与青丸的事暴露出来，这会让她在清水镇抬不起头来。不管纠察队如何折磨拷打他，他硬得像一块石头，没有吭哧一声。

被关起来的青丸，刘泼问青丸愿不愿意跟他，如果愿意，他会把这件事情疏通。刘泼这是趁火打劫。青丸坚持说自己最近没有见过春喜。

被关了两天了，如同一世。

也不知阮生怎么样了，他安全了吗？

爹也不知怎么样了。她眼泪断线地滚下来，想起爹，自己被无故连累到一桩命案里，因为这无故，爹两天没有饭吃。

如果她把事情揽下来，那么阮生就安全了。哪怕自己是一场冤狱，那就为爱牺牲吧。青丸突然有了一个可怕的想法。她要为爱牺牲。

说到做到，青丸告诉刘泼，是她不小心把春喜推到井里，当时春喜犯病了，抱着她叫"施公"。她缠她，她要逃，她缠她，她推她。

刘泼气得发抖，拳头打在墙壁上，砰的一声，吓到了青丸。

"你说谎，春喜死之前有男女之事。你休想为阮生开脱。我告诉你，青丸，春喜的井里还有阮生的荷包。"

这天癞皮刘旺悄无声息送了饭去给成顺，对了还有酒。刘旺对青丸家是太熟悉不过了。他将青丸家的每一处观赏过，以及青丸是如何给成顺做饭送到固定的地方，癞皮刘旺都一清二楚。癞皮刘旺就是青丸后面的一双眼睛。

成顺这天不知怎的，没有喝酒，他的右眼皮一直不停地跳动。他喊"青丸……青丸……"，屋里死一般的寂静。成顺摸着走出了家门，弯着他的脊背往外走，他不知往哪走，就闯着往前走，一边摔倒，一边摸着起来继续往前闯，口里竭力全力喊着"青丸……青丸……"

癞皮刘旺跟在后面，成顺摔倒在地，癞皮刘旺扶起："成顺叔，你怎么出来了？"

成顺摔疼了，额头肿起一个包："青丸不知道去哪了，她原本这个时候在家做饭的。"

癞皮刘旺镇定地答道："青丸啊……青丸她……我听说她去省城卖东西去了……"癞皮刘旺随意想到荷包："青丸绣了很多荷包，她去省城之前我刚好遇见她，当时着急搭顺风车，来不及跟成顺叔告别，刚好遇见我，就让我来告诉你。"

成顺努努嘴想再说什么，半晌："那孩子……真是粗心……

这些年她不容易……你扶我进去吧。"

明悦着急地又去刘泼家，刘泼说不能放人，又有有力的证据证明阮生在案发现场。明悦几乎昏厥。

明悦踉踉跄跄地回到祠堂，那一夜，她睁眼到天亮，待晨曦渐亮，明悦突然转变心意，对刘泼说事已至此，她也无能为力，那就回省城自己家。刘泼找了一辆车，明悦坐上车颠颠地走了。

青丸被关的事，还是小豆子告诉陈慎芝的。这天夜里，陈慎芝摸着黑去了成顺家。

十四

回到省城的家，明悦告诉父亲已经有阮生的孩子，她不得不来求父亲，父亲悬在半空中的手，差点打在明悦的脸上，怒在心头，可大概又想起这些年毫无原则地宠一个孩子给宠坏了，那半空中的手又绕了个圈回来，打在自己脸上。

如果不搭手相救，那么明悦只有一死。这么些年，明悦的父母用无穷无尽的爱去爱她，捧着她，太阳照耀还有阴影，她父母甚至把那阴影都宠爱地给抹去了，只有明艳艳的光，无边无际。

从小到大，就没有她明悦得不到的东西。所以，从大到老，她想，也没有她得不到的东西。至于阮生，那绝对得是她的，她的阮生。

明悦的父亲得知阮生的父亲曾也是名门望族，不过到了阮父手上，家业已在下坡的路上。辗转打听了阮生家的地址，当晚就去了阮生家。明悦父亲由阮家的佣人带到堂屋候着，说明来意，阮母吩咐着赶紧把阮父从应酬场上请回来，说是有十分要紧的事。明悦的父亲看见玻璃格子里透进柠檬黄的灯光，略略有些刺眼，眯起眼睛。阮母在相离不远的椅子上，随声应着几句不轻不重的话。

人家说，丈人选女婿，像是用针眼去量。丈人选亲家，莫不如此。

柠檬黄的灯光落在青砖地上。阮母也经得起这无情的考量，眉目间仍有敦厚的影子，嘴皮偏薄，难以靠牢祖上。也不能紧盯着人家看，明悦父亲落了个朦朦胧胧的印象，也不十分要急，现在也没资格挑来拣去。明悦都有了阮家的种。不好，也只能先上船。自己以后帮衬帮衬。

这时阮父匆匆回来了。两人进一步说话，单刀直入地，拣最要紧的事说，时间也不等人。两个父亲从前不相干，忽然因为一个不存在的孩子而盘根错节起来，事已至此，唯有解救阮生和成婚这两件事。

明悦的父亲已派人去接阮生了，已经在去的路上了。

不等阮父允许，明悦的父亲已自作主张，先行一步把人家的儿子变成自己的女婿。这个下马威，阮母在一旁看在眼里，她估摸着接下来的是作为婆婆该摆上的姿态。倒是阮父，喜从眼睛里溅出来。谁曾想那一巴掌，遥远的，把阮生打到一门好亲事。为人家光宗耀祖的事，这不，有人已经搭好了梯子，阮生只要向上爬就行。

阮生从纠察队那里，趁着夜色，直接被架走了。使出所有力气，撕扯，撞击，甚至用牙咬人，在绝望要自救的时候，哪怕是从前不齿的行为都用上了。一切都没来得及告别，和青丸，总要说点什么。

他们拥抱的时候，阮生就应该告诉青丸的，他的爱向来是浅浅的小溪，可是遇见了青丸之后，他对她的爱成为深不见底的汪洋，每一滴水都刻有青丸的名字。现在来不及了。

回去后，不知是什么在等着他。

回到省城的家中，阮生没来得及看仔细家中，直接就被锁进自己房间。听见房门上响起敲敲打打的声音。又锯开一道光，紧接着一个口子，一小扇门，两个巴掌大的小门，大概是从这里送饭。其他地方，钉得死死的。阮生分明感到，那钉在门上的一颗颗钉子，直接钉到他的心脏，千疮百孔的。

果真是送饭的门。阮生抗议地绝食。闹出大事，昏迷了三天三夜。阮父异常坚决，关住他，以为锁起来，那么就死心了，那曾经长出来的新枝被利刀砍下去，流脓结痂鼓成一个包。让他先死了心，再想办法把心弄活，在新的心上种上明家的荣华富贵。荣华富贵加身，还愁没有女人。倒是阮母，心疼她唯一的儿子，真怕阮生死了。那可是从她身上掉下的肉啊。她悄悄跟阮生说不要糊里糊涂地死，只要不死，还能找到他心头上的女人。人要有权宜之计。这句话把阮生说动了。他决定不死。从这里出去，找到青丸，和她一生一世。

阮生被放出来的时候，已是春天了。那个漫长的冬天就像是一生，那么漫长，漫长到以为没有明天。

清水镇也是春天了。就像过了一生，所有的说过的话就全变得毫无意义，就像捻碎的枯叶，一阵风吹来，四下里逃窜。

一个婴儿逐渐成形。深蓝色的罩衣底下，青丸的肚子一日日隆起。

这让刘泼无比气愤。他在火焰里翻滚，他要砸掉这个世界，片瓦不留。他的怒火烧在整个清水镇的上空。

得不到了，得不到了，那别人也休想得到。刘泼安排了一切——他用糖块让小孩跑去青丸家上贴"破烂货"的字，小豆子因为陈慎芝得了破伤风也妥协加入到这个队伍里，谁做得最好，谁得到的礼物就最多。又是这间房，青丸姐姐家的房，之前他每天拎一块娘特意摔坏的豆腐来。娘告诉他，哪怕是送别人礼物也不要高高在上，要事先考虑收礼物的那个人，不要让人家在沉重的感恩。让苦难的人照见的苦难，这是一种残忍。

人生可以是冬日午后骄阳照到窗台上的一抹，恰恰照到窗台正开的玫瑰花瓣上。

小豆子毫无办法，陈慎芝病了一个礼拜了，家里空空如也，什么食物也吃光了。连最后一块豆腐，微微有点味道的豆腐也被勒令送到青丸姐姐家了。这是几天前的事了。

清水镇的小男孩都几乎被聚齐，把所能够做的人性中自带的恶事都做了一遍，打砸、往成顺的被子里撒尿，成顺看不见，小孩们故意在他要经过的路上放石头，成顺被摔得鲜血直流。小豆子也跟着进去打了成顺两下——因此得到两颗酥糖。

这一幕被恰好送酒菜来的癞皮刘旺撞见，他把所有的孩子都赶出去，喝道他们如果敢再来，他一定要把他们的腿打断。那些男孩看见癞皮刘旺那爆裂的青筋，眼神几乎要撕人，都吓得一哄而散了。癞皮刘旺看见青丸床头有个荷包，他偷偷地装进自己的口袋。

小豆子紧握酥糖跑回家，他太饿了，也舍不得吃，跑到陈慎芝床头化成一团甜水，小豆子折了个角，甜水流进陈慎芝的嘴里，却也没能救活她。陈慎芝撒手人寰。

死前她浮现出成顺的脸。陈慎芝想起十来天前，青丸被关起来的那晚，她变得不是平常的自己了，一个无比强大的野心勃勃的陈慎芝，像一把大火，直往成顺那里燃烧过去。

做荷包那天，青丸问道："慎芝婶子，你有心上人吗？"

陈慎芝多想告诉青丸："有一个，离你最近。"但她没有说出口。

现在想说，她也将要死了，死了，谁来照顾小豆子啊？

陈慎芝死前睁着大大的眼睛，不瞑目。

十五

镇上那群人又在开会，这次是围绕怎么处置青丸。无事的时候搓在一起打牌的那张桌椅，逢上重大的事又仓促间成为会议桌的那张桌子。

那张桌子说，这清水镇容不下这种不检点的人，所以必须要为这见不得人的事付出代价。青丸被拉出来，许多人在那里劝，乌压压的一群人，个个长着一张血盆大口。一张张嘴吐出一条条舌头，青丸看见那些舌头变大，再变大，一条条向她伸来，缠绕着她，缠绕着她的腿、腰、手臂，渐渐到了脖子，脖子被勒住，青丸倒了下去。

等青丸睁开眼时，她已经躺在家里了。

不知是谁在她床前放了一碗阳春面，已经凉透了。

仿佛约定似的，曾经还能倚靠青丸的那叶扁舟——陈慎芝倒下去了，成顺跟着倒下去，完全地坍塌，竟也一病不起。屋里散发出一种死亡的气息。成顺脸色苍白，煤油灯在他身后映出他的影子来，静止不动就像被刺穿了一样。成顺怔怔地坐在床沿，整个人木然地僵掉，他预感到在青丸娘死后的那年冬天，同样的冬天第二次爬到他身体上了，寒气滚滚团住着他，他忽然觉得凄冷无比。

那年冬天很冷，十月中旬就下雪了。成顺倚着床，青丸娘唱着"云儿轻轻，草儿青青，大树后面有鸟声……蜻蜓飞飞，鱼儿追追，小猫跑来扑蝴蝶……"，一声轻，一声响，好像从很远的地方传来，又快到厅里，最后回荡在整个房间。等青丸发现，成顺的身体已经僵硬。

成顺倒下了，倒在命运阴影里，倒在对陈慎芝的愧疚里，他被一团没有边际的叹息锁住，没有一点抵抗，他累了，就在那团阴影里歇息吧。

成顺断气了。青丸紧紧抱着成顺，青丸哭着叫"爹"，发出凄厉的惨叫。窗前一只乌鸦哇的一声飞走了，仿佛不忍心听见这哭声。她这凄惨泣血的声音飘出窗外飘向云朵，穿过古樟林，飘至远处的山间，连清水镇背后那座山听去也弯下了腰。

癫皮刘旺在青丸娘旁边的空地掘坑，给成顺换了一身干净的衣服装进棺材里，填埋立碑。

青丸在一旁打滚着哭啊……

"爹……你也不要……我了！……"

"娘啊……你早就不要……我了！……"

"爹，娘……你们终于可以团聚了……"

一旁的癞皮刘晔第一次滚下了热泪，他默默在心里发誓——一定要照顾好青丸，告慰成顺老爹的在天之灵。

忧伤的日子总是很慢很慢，仿佛一天就是一生。

初春了，寒气仍在，孤零零的小房子好像更加重了寒冷。屋子外的柳树抽出一点芽苞，树干都快贴着墙了。风一吹，枝头蹭到墙上，有些枝条断了，有些树枝就挂在那里，像是弃儿。屋里黑乎乎，阴森森的，她总疑心爹在背后。里面静悄悄的，她又里里外外找了遍，也没寻见人影子。爹好像死得不利索，留下一些蛛丝马迹遍布在青丸的脑海中，也好啊，不是决绝像是龙卷风破坏之后消失踪迹。青丸反倒希望爹在她心里一点点消失。

她一个人守在窗子跟前，她心里的天也跟着黑下去。说不出来的昏暗的哀愁……看见了吗？山后的那朵云，我以为它离我最远。可……其实离我最远的，是不知在何处的你。都结束了吗？

可连阮生最后一面也没有见上。风呼呼地吹，窗户嘎吱嘎吱作响。青丸踉跄走到窗前，想把窗户关上，一抬头看见一轮满月挂在头顶。

癫皮刘晖有一天在明亮的清晨，从口袋里掏出几个苹果。一切在这红彤彤的苹果映衬之下显得更加无情。

趁着夜色浓重的一个夜晚，癫皮刘晖带着青丸从清水镇消失。清水镇没有人知道他们去了哪里。

十六

又逢清水镇的春天了，山上装满了春天，溪头也蓄足一溪春天的水。呜啊呜的，鸟也叫唤起来，翠翠的声音真好听。清水镇的人们在地头抛撒种子，落地生根，长出年轻的生命。镇上的人们身心都被新一年的播种、施肥、收割、牛群、草木和天空占据着，忙完往床头一靠，头脑都变迟钝了，谁还有空去想之前的事呢？

因此谁也没有提起陈年旧事，好像这些旧事没发生过一样。

阮生再次出现在清水镇，才又把陈年旧事抖了出来。

阮生跑去青丸家。青丸家仍在那里。

他在那里住了一晚。明亮的阳光透过敞开的窗户照进来，房间很整洁，东西几乎没被人动过。椅子上没有扔着的衣服，看不见鞋子、袜子和腰带之类的东西，也没有打开的箱子。总之，一切都有条不紊。附近的村子都找遍了，也没有发现青丸在哪。镇上的好心人告诉他青丸不知去向，阮生颓败倒地。

他永永远远，都见不到她了。

阮生恨自己，他也曾有过眉飞色舞、春风得意的时期，他也曾是个英雄。但连保护一个女人的力量都没有。青丸的影儿已不见了。他痛恨自己的窝囊。

回省城的阮生万念俱灰，被阮父胁迫，既然与青丸不能在一起，那么和谁在一起也无所谓了。

不久后，一场盛大的婚礼。出嫁前，明悦的母亲拉着明悦的手说，生活总是这样，一篮子果实总会有一颗烂的，好与不好都得接受它。这世间的男人靠不住，女人要靠自己。不要对婚姻充满幻想。不要对男人投以乐观。

明悦的母亲一反常态，女儿啊，终于要嫁人了。他们自制的人造太阳照耀的生活要结束了。不得不告诉明悦，这人世间是有疾苦的。

先打一阵预防针，也或许明悦这孩子命好。

谁知道呢？

婚姻，某种程度，就是赌博。

婚礼是在五月初九。

也是这天，青丸见了红。房间似乎变了，煤油灯又像是从前的某天，吐着黑舌头似的，影影绰绰在墙上舞动着。她爱的人永远不会看见她。她这样想着，已经一个人死了大半个，身上僵冷，一张脸塌下去失了形，珠子滚到了黑暗的角落里。

月亮是青丸心底的伤口。

青丸所在的村子里，一直能听到滴答的落雨声和潺潺的流水声，可是在青丸临产的前几天，天气又变得冰冷了，五月了，居然下了一场浓密的大雪，一刻不停地从天空落下来，好像要用它无所不在的柔软，把整个村庄都吞噬掉，把所有的生命和一切声响都闷死。

青丸感到身体有一股看不见的黑暗在啃噬她，她紧紧抓住最后的一股力量，与黑暗对抗。此起彼伏，你进我退。孩子生下来了，是男孩。

癞皮刘晔生起了火。小小的一个火盆,雪白的灰里窝着红炭。炭起初是树木,后来死了,现在,身子里通过红隐隐的火,又活过来,然而,活着,就快成灰了。炭的轻微的爆炸,淅沥淅沥,如同冰屑。火盆有炭,青丸丢了一只红枣到里面,红枣燃烧起来,发出温暖的甜香。

她长久蹙着的眉头忽然舒展了一下,却是那么动人,那一瞬间正好被癞皮刘晔看见。很多很多年,常常有一个梦,就像浮在血液之上,是一个侧脸的轮廓,鹰钩鼻,翘唇,狭长的眼睛,拢在一个侧面,和那个梦里的侧影贴合了,癞皮刘晔长舒了一口气,原来上天已有了。

清水镇,已经是遥远的一个梦,无情,空洞,惊慌失措。

青丸缩着肩膀,仿佛抵挡着冬天的一阵寒风。孩子取名叫新生,癞皮刘晔给新生买了一件蓝布衫,当刘晔为孩子穿上,那一团蓝色,忽然间闪了一下,青丸的心跳动,急遽地跳动。她冲上去把孩子身上的蓝布衫扯下来,丢进炉火里,冒出一团一团蓝色火焰。她捂紧胸口,仿佛心随时都会从胸口跳出去。多少年了,她的生活中不允许出现过蓝。可以紫、红、黄、绿、黑,独独不能蓝,因为她心中的蓝是阮生。

她抱起新生,紧贴着自己的身体。她亲了亲他,抚摸着他,一直到新生的小脚，眼泪滚落脸颊。

有一天晚上，癞皮喝醉了酒，无故说起了一件事。是这样的，癞皮刘晔无缘无故遇见尸体，他偷拿的青丸的那个荷包吓得掉了。青丸气得汗毛都竖起来，恨不得给他一巴掌，这么些年的怨气，像电影历历在目地重现。可是手在半空中。一掌下去，那些年的委屈真的能一笔勾销的话，她会重重地一掌下去。当时她正在熬点热粥，衣袖钩到菜板上切菜的刀子的刀柄，刀子哐的一声摔在地上，又转了几圈，发出刺耳的声音。青丸看见那把刀突然长出翅膀，正狠狠地刺向她的心脏。

如果能够回到从前，哪怕只有一个晚上。把煤油灯当作星星，难怪天空黑暗。

也是这一天，青丸喝了一点酒，在酒精的作用下，她变小了，变得弱了，就快消失了，像是风吹散了佛龛前逐渐湮灭的香火，连最后一点点烟也吹散了。

她想着自己这一生，命运那双巨大的手在她陷于爱情的旋涡时最无情地打压下来，爱炽热的吐着火舌的火焰把她烤干了，但她太沉溺了，以至于那只巨大的手罩在头上，她也没有看见。

世界愈发膨胀，耳朵里总是鼓鼓——一场关于世界的密谋，只落在她的胸膛，一阵阵激起情感的大浪。黑暗的嘴唇在对着她微笑，一张巨大的吐着舌头的嘴。

她不由得想起从前阮生握她时的手。忽然从前的事都回来了，砰砰砰的打门声，她站在排门背后，心跳得比打门的声音还更响，浑身微微刺痛的汗珠，在黑暗中戳出一个个小孔，划出个苗条的轮廓。一切突然都没有了，根本没有这些事，她这辈子还没经历过什么事。

"妈妈，妈妈……"新生在叫她呢。

她一惊，也许正是这个新生，她和阮生的骨肉，冥冥之中做了些什么，她按图索骥远远地朝这里来……

趁着刘旺酒醉如泥，青丸收拾了几件衣物，抱起新生离开了这个家。从前她就像攀附墙角的藤蔓，如今她决心自己长成一棵大树，好让新生在底下纳凉……

小豆子紧紧跟在青丸后面，生怕青丸不要他。青丸原谅了他，因为他还是个孩子。

他们三人走在阳光中——这走在阳光中的青丸的脸上戴着一种毅然的表情，仿佛太阳给它的拥趸戴上一模一样的面具——那是光斑。

电影剧本

秦大川

1场　内景　大川缝纫店　日

画面以黑色出场，渐显，缝纫机机头出现。听见脚踩缝纫机噔噔噔的声音。镜头扫过缝纫店，一一扫过布置温馨的陈设，墙上指向十一点的钟表，角落里留声机正放一曲《霸王别姬》。镜头最后停在大川的脸上。这是一张有故事的脸，写满沧桑和坚韧。他坐在缝纫机前，他的双手熟练而有力，踏踏踏踩动缝纫机，开始新的衣服缝制。外面是北京一个静谧的早晨。

2场　内景　学校课堂　日

接着，我们看见整洁的教室里，孩子们正聚精会神地美化手中的物品。这是一节劳动课。

老师兴致盎然：同学们，试着用你们的手去改变一些什么。有时候，我们的生活不是一味要求新的，在旧的东西中去寻找，然后变成新的意义出来，这就是这节劳动课希望带给你们的新思维。孟晓微，说说你手中正在生发生命力的新作品。

孟晓微：这个书包是奶奶给我缝的，我用了很多年，早几天我发现它破了个洞，我觉得我应该绣朵花在破洞的地方。

沈安沉醉在手中的漆活里，忽然听见老师叫她的名字，恍然站起来，同学们一片笑声。

沈安：这是我家的一个壶，我想着把它漆得新一点，不改变它原有的质地、纹理。

老师（充满激情）：对，在不改变原有质地的基础上我们可以尝试很多的改变。用不同的方式思考任何一件事。当你们读书时，不要只听从老师的观点，要利用这段时间逐渐长成自己的观点。你们必须尽力找到自己的声音，孩子们，你们拖延的时间越久，找到自己的声音的可能性越小。这就是老师上这堂课的意义。

铃声响起。表示这堂课已结束。老师走到门口。他出去了。可突然又回头探进教室，微微一笑。

3场　外景　路上　傍晚

太阳西斜的时候，远远看见一个孩子一路欢快奔跑。只听见一声鸽哨，清冽掠过，裂帛似的响彻天空。处处都是欢愉的调子。自由盘旋的鸽群归巢。愈来愈近，原来跑步的是沈安。高高翘起的马尾辫，一甩一甩。特写沈安的脸。盈盈亮亮的少女之美。相貌清秀灵气，眼睛水汪汪，会说话。

4场　内景　大川缝纫店　傍晚

路口一角，不起眼的门脸，匾额上墨汁毛笔字，起落有力，婉丽的行楷写着"大川缝纫店"。

大川忙着活计，得空拉胡琴。他低着头，沉浸其中，曲子拉得如泣如诉。

店门口站着个人，他一身整齐打扮，六十岁左右，看得出有涵养。他陶醉在琴声里。

镜头中出现沈安，她有点气喘吁吁。她看见那个立在门口的人，提起的脚停了下来，停在店门口另外一边。静听大川的胡琴曲。

沈安一跳一跳，跳进店里，亲昵地抱住大川的脖子（撒娇）：爸，忙完了吗？

另一个也尾随进来，拍手称赞：《渔光曲》，多年没听过这么潇洒自如的曲子了，细腻深沉，又舒缓流畅。想不到这么个区区几平米的缝纫店藏龙卧虎，老兄能拉出这么一曲，不简单啊。

那个人走近大川，眼光落到胡琴上：老兄手艺好，这琴也相得益彰。看上去这琴也有不少年头了。

那个人好像没听清楚，又问一句：老兄，我说的对不对。

那个人：老兄，我收藏一切好琴，有没有考虑将胡琴卖掉。我可以出好价钱。

沈安：不卖不卖，这是我爸的贴身物，比对我的感情还深。是吧？

那个人似乎很遗憾的口气：君子理当不夺人之美。这样吧，如果考虑出售，请一定记得第一时间联系我，价钱好商量。

那个人掏出一张名片郑重递给大川，大川点了点头，接过名片，放在手边的衣服上。

5 场　外景　胡同口　傍晚

夕阳西下。阡陌交错的胡同里。大川右肩背胡琴。沈安左手拎刚上漆的壶。

沈安：爸，我们今天上了一节很有意思的劳动课……老师讲要燃烧，改变世界……我们都特别喜欢劳动课……我把我们家那把旧铜壶的体表上了一层清漆，就好像新的一样……

沈安的声音时断时续，被大街上汽车的喇叭声，以及其他的声音淹没。

6场　内景　沈安家　傍晚

沈安：哇，今天的菜好丰盛，看着就好吃，爸，我觉得你可以成为一级厨师。

两个人给对方夹菜。大川把沈安夹过来的肉菜又夹到沈安碗里。

沈安：爸，不可以这样，你又把鸡肉省给我吃。我不要啦，我会变胖的。窈窕淑女，君子好逑。对不对？

镜头拉升，随之出现房间的整个布局。不大，但收拾得简洁而温暖。前头有一张床，床边桌子上有一支架起的胡琴，就是刚才大川拉的胡琴。年代已久，但琴弦光亮，看得出时常被用的痕迹。另一头是沈安的床铺，床头堆满了文艺文学书籍，贴了当代走红明星的大头照。是用布帘独立搭建的女孩的私密空间。

沈安：爸，等下你出门，记得锁门哈。对了，爸，其实我一直有个问题，不知当讲不当讲。

沈安扑哧笑出声来：爸，我的问题是，你这么多年每天早晚出一趟门，你都干什么去呀？

大川：从今天开始，你在里头扣上门。你长大了，要有女孩子的世界了。

沈安：什么，由我掌控家里的大门安全，这可是任重道远啊。不过，容我考虑一秒钟，行，这大权我接了。

7场　内景　沈安家　傍晚过后

沈安打开枕边收音机，流出古典民乐。她躺在床上，翻《诗经》，大声朗读。

一阵敲门声，起初轻轻的，敲一两下，不见响声，敲门声变得急促，后面终于是重重的敲门声了。

沈安终于听到。讶异。摘下耳塞。从床帘里探出脑袋听声音。

大川正从床底下拿出一个灰布包。转身向门口走去。他轻轻关上门，锁上，消失在月色里。

8场　外景　学校操场边　日

生机勃勃的校园。下课时间。同学们有的穿校服，有的穿衬衣，沈安分外扎眼，她身穿粉色丝绒旗袍，正走在校园的石头小径上。几个女同学在一侧窃窃私语。

女同学乙：据小道消息，她是我们班男生的"理想中的初恋情人"。

女同学丙：听说她有个哑巴爸爸，是做裁缝的。沈安的衣服都是她爸的手艺。

女同学乙：好像不算哑巴吧，就是声音有问题，极度沙哑。

女同学丁：管他声音什么问题，我多希望也有个这么巧手的爸爸。

9场　内景　学校课堂　日

语文课堂上。老师正在授课。他身后的黑板上写着王维，孟浩然，古诗等。

语文老师：这堂课我们来谈谈唐诗。唐诗、宋词、元曲、明清小说，是中国文学最闪耀的明珠。唐诗，我以为，它是中国文学最巅峰的作品。为什么唐诗会生长得这么好，主要是土壤好。当时唐朝，一夜之间，遍地文学。李世民以诗取官，武则天也通文学，于是出了一大批天才。上节课的课后作业是让你们读自己心目中最喜欢的唐诗，也不知你们的作业完成得如何。

语文老师：我希望你们中某一位能讲一讲自己心目中的诗人。

语文老师环视了一下课堂中的同学们，他的目光定在沈安身上。

沈安头头是道，深入浅出讲老子与王维。沈安讲了颇为出彩的一个段落，引得老师与同学纷纷鼓掌，赞誉。

10场　外景　学校　日

这是个课外活动的操场一隅，几个男同学在讨论沈安。有一个男同学偷来一封没有署名李伟的信。一封情书。信封上写着"致沈安"。

"我亲爱的沈安。没有你，我太孤独了。我让自己心情舒畅的办法就是凝视你美丽的照片或闭上眼睛想象你灿烂的笑容，但我贫乏的想象难以代替你本人。你的双眸闪耀着迷人的光芒。喔，我想我是爱上你了。"

11场　内景　沈安家　日

朝阳升起金色的光辉投进平房，鸟雀的啼鸣声把她从梦中唤醒。她睁开眼睛，桌上的大花瓶里已经插满了五彩缤纷的花，附上一张字条："亲爱的安子，生日快乐！放学直接回家来！"字体起落有力，一手漂亮的行楷。沈安下床，抱着花瓶，口中念道：谢谢爸爸。

12 场　内景　学校班会　日

班主任：学校下个月要举行一场文艺会演，有兴趣的同学可以积极参与进来。

忽然有个男同学举手，这也是前面写情书给沈安的男生：我，我，老师，能不能替沈安报名，她会唱京剧。那个什么，对，是《霸王别姬》。我有一次在回家路上听见她唱过。

沈安猝不及防，听到自己的名字，连忙起身：会……不过唱得不太好……

老师：没关系，既然大家都推荐你，那我就把你的节目报上去。

沈安木然点了点头，又摇了摇头，最后点了点头。估计没想到这一幕。

班上的男同学吹口哨，拍掌，有几个女同学做鬼脸，一副吃醋的样子。

13 场　内景　沈安家　日

沈安放下书包，冲出门洗手，又很快回来。夺过擀面杖，接着擀皮儿。

沈安：爸……我们学校下个月有会演，同学们都推荐我……

大川停下剁肉，微笑：好事情啊。想好了表演什么节目吗？

沈安顿了顿：他们想要我唱京剧，我倒想唱个别的曲儿。

沈安：我是这么想的，我想唱《渔光曲》，爸爸用胡琴给我伴奏，怎么样？

沈安跑过去，黏着，撒娇：爸……你就当送我的生日礼物，行不行？

饺子已煮好，沈安端出三碗。一碗是父亲的，一碗是她的，第三碗呢？

沈安：谢谢爸爸。成为您的女儿，这是最幸福的事情。爸爸，谢谢你。（深情）

沈安：我们给妈妈敬一杯，虽然我从没有见过您，妈妈，但你永远在我心里，我做梦经常梦见您。

镜头拉远，拉远到胡同上空，再定焦在几个幸福的家庭，他们相亲相爱。

14 场　内景　沈安家　日稍晚些时候

大川神情严肃，显出若有所思的样子。镜头特写大川抚摸一块羊脂玉佩。

15 场　内景　大川缝纫店　日

缝纫店。大川正一针一线缝制一件极其华美的戏服。他嘴里有细微的声音发出，好像随着留声机里的京剧一起哼唱，又听不太清楚他哼唱什么。

16 场　外景　胡同路上　夜

沈安从剧场回家，她看了一场夜场的京剧，在路上随口哼唱几句京剧，是少女的声音，甜美到空气里头。路灯一个挨一个穿梭她的脸庞，再前头是一条幽深的巷子，没了路灯。突然一个男人从黑暗里跑出来，沈安的脸色变得惊慌，她快步前行，几乎是跑了……好像那个流氓也快速跑过来，越来越近……刚巧有个过路的车子开过，沈安大声喊叫，那个流氓消失在黑暗里。

沈安更加快跑，穿过黑夜，穿过胡同，终于到家门口。她在屋外悄悄地静了一会，然后推开家门。

17场　内景　沈安家　夜

镜头落在大川的后背，渐渐转到大川前面，大川专心致志缝戏服。他拿着针线绣一朵金色的牡丹。

沈安（轻描淡写）：爸，我刚在回来的路上，碰见臭流氓。我三下五除二，用大喊大叫加上大步跑，成功逃脱。爸，你说，你女儿我聪明吧？

大川愕然，他显然被吓着了，转过身，紧紧抱住沈安。他举起手，想做个加强语气的动作，但中途又缩了回来，接着用右手遮住了半边脸，用极其温柔的声音：安子，没被吓到吧？

沈安摇摇头，故作轻松：爸，我没事啦。与坏人斗，斗智斗勇，其乐无穷。

18场　外景　胡同内　夜

一轮弯月，浅浅的月牙儿。四处静悄悄。突然沈安的叫声打破了沉寂。

半天没听见回话。屋里又陷入长久的宁静。大川躺回床上。

19场　内景　沈安家　日

清晨，大川立在镜子前，泡沫涂满了胡须根，只见他细细刮胡须，刮完，把头发梳成向后拢的样子。他走到床前从箱子里找出一件灰色长袍，铺平，熨整。穿上长袍，大川呈现很久没有过的光彩的时刻。他不忘拿出一瓶古龙香水往衣服上喷了一喷。

沈安看呆了，她之前从未见过如此棒的父亲：爸，你今天……真的……有点太帅了。（目瞪口呆）

沈安也找出一件旗袍，鹅黄色，穿在身上，对着镜子梳整头发，她微笑地看着镜子里的自己。（这件旗袍其实就是后面母亲林芝的照片上的复制品）

20场　内景　学校剧场　日

沈安娉娉婷婷走上台，深深鞠了一躬。台下一片热烈的掌声，又骤然停止。每个人都屏住呼吸静待沈安的表演。先是一段胡琴独奏，回肠九转。胡琴上拉出的是绝调，而沈安的唱腔迎了上去，她那圆润的声线，如裂帛，不走直线，倾斜而出，汩汩喷来，不指向你预测的位置，突然爆发上去，又很快滑下来，滑到很低，低到深不可测。曲子里那不可测量的款款深情，浓密至极，灵魂一寸一寸被削去。

这一曲《渔光曲》结束，台下的观众回过神，爆发出电闪雷鸣般的掌声、口哨声。沈安鞠了一躬。正当她转过身走到幕后想将父亲拉出来，介绍父亲，发现父亲早已消失不见。

21场　外景　学校门口　日

她快步跑出剧场，往校门方向跑去，一路都未见到父亲的踪影。沈安失落地走回去剧场里。

22场　内景　沈安家　日

一进屋就发现父亲坐在屋里拉胡琴，沈安气嘟嘟地坐到自己的床头。大川迎上来。

23场　内景　沈安家　日

翌日清晨，阳光洒进房间，一抹阳光照到桌子，浅口盘里装着酸菜和馒头，热气腾腾。沈安起床收拾拎起书包出门，早餐动也没动。

24 场　内景　沈安家　傍晚

傍晚，大川做了一顿丰盛的晚餐，其中一例菜是沈安最爱吃的京味合菜。

大川见沈安回来，讨好似的拉着沈安到饭桌边，沈安生气拒绝，顾自往床上一躺，大川默默地不动声色，扒拉几口吃完收拾了事。他走到自己床边，弯腰取了布包，出门。

沈安听着父亲出门，赶紧起床，跑到桌子边，狼吞虎咽。转头发现父亲正站在窗外，看着她。

沈安停下手瞪了他一眼，父亲扑哧笑了，她也没忍住就笑了。

25 场　内景　沈安家　傍晚

沈安背着书包推门而入，她差点与人相撞，她一惊，抬头看见一个陌生人的脸，身后还有两个，他们已站在门口，准备离开。沈安警惕地扫过每一个陌生人的脸。

26 场　内景　沈安家　日

镜头切回有一天大川搬被褥到阳光底下暴晒。大川惊讶地发现女儿床褥上的血迹。他换下被褥，放入桶子，放水，蘸一指头洗衣粉涂在血迹上，静静揉搓。

27场　内景　沈安家　日

大川进屋把家当全都找出来，存折、债券，一件一件，大川
细细算了一下，皱紧眉头。他颓然坐在床沿。

画外音："大川，应上头的规划，咱们这片平房都要拆迁。
现在拆迁有两种方案，一是按拆多少平补多少平，你家现在
应该是三十来平，按照 1.7 比例，你家将得到大约六十平的
一居室，另外还有补偿款十万。另外一种方案是加十万换
八十五平的两室一厅。你看，沈安慢慢长大，我觉得你家最
好的方案是加十万换两室一厅。你有一个礼拜的时间考虑，
居委会知道你家的情况，特别关照你，你是有优先选择权的
头一批。"

28场　内景　沈安家　夜

大川又坐不住了，开始在房间踱步。一个转身，一个来回，
循环往复。忽然他看见了胡琴。胡琴在角落里闪闪发光。

大川拿出胡琴，坐定，深情拉了一段忧伤的曲子。如泣如诉。

29场　外景　大川缝纫店外　傍晚

放学后，沈安如往常跑去缝纫店，发现关门，转头回家。

30场　内景　沈安家　傍晚

沈安：爸，我去店里找你，发现店门关掉了，原来你在家呀，害我白担心一场。

大川木木地坐在床沿，他摸了又摸琴弦。招手示意沈安过去。

大川掏出随身携带的纸笔，在纸上写：安子，联系这张名片上的人，把这把胡琴卖给他。他曾说这把胡琴值五万。他说价钱还可以商量。记住，最低要卖五万。

沈安不解：爸，好端端的，为什么卖琴啊，这可是你这么多年忠心的好伙伴哪。

31场　内景　沈安家　夜

夜里，父亲抚琴而奏，弹了一整夜。

琴声渐渐穿越沈安，飞越房顶树梢，飞越小城的上空。月光皎洁如水，静静俯视着这个小城的人们。

32场　内景　沈安家　日

星期天。昏暗中，胡琴在房间深处的一角幽幽闪亮。沈安忽然间看见了它。她灵机一动，连忙爬起来，穿衣，找出劳动课时用的清漆。

她又拿出胡琴，里里外外擦干净。

特写用蟒蛇皮做成的胡琴的音箱，蟒蛇皮有一点点蹭破。她找来针线，细细补，动作至轻至细。

接着她继续，一笔一笔上漆。

沈安（画外音）：呵，瞧它完全变成了个新胡琴了。我一定能多卖点钱回来。

上完漆，她支起胡琴在桌子上，打开窗户，让风进来吹干胡琴。她拍拍手，满意地审视自己的作品，嘴角一抹少女甜甜的味道。

33场　外景　街上　日

街上仍然是初夏。黄色的太阳挂在天边，天际一片金黄，灰蓝的暮色依然浓重。

沈安站在电话亭，拨号码。

沈安：请问，这是张伯伯吗？

对方的声音：对，我是。你是？

沈安：我叫沈安，我父亲叫我联系您，你曾说过他要是想把胡琴卖了，第一时间联系您。

对方：那把胡琴要卖了？

沈安：对。

对方：能告诉我什么原因吗？

沈安：迫不得已的原因。

对方：你爸生病？

沈安：不是。

对方：那是为什么呢，我记得你说这可是你爸爸的宝贝。

沈安：张伯伯，具体原因还是别问了吧，我就问你，胡琴要不要？

对方：要，要，要，胡琴当然是要的。

沈安：那我们怎么见面呢？

对方：我去你父亲店里一趟，把胡琴买来。

沈安（略略犹豫）：我……不想让爸爸受到情感上的二次伤害……我们还是选一个方便的地方见面吧。

对方：那也行吧。天坛公园东门口，明天下午三点。

沈安：好的，先谢谢张伯伯。明天下午三点，不见不散。

34 场　外景　天坛公园　日

天坛公园，人影攒动。

沈安早到一会，她抱着布包，站在公园门口，踮着脚尖，向远处望，不时看一下手表。

手表指针指向三点。

张伯伯走过来。

彼此一见，就认出了彼此。

张伯伯：沈安！久等了吧？

沈安（微笑）：我也是刚来不久。

张伯伯：我们到公园里坐下来再谈吧？

沈安：嗯，好。

一老一少就这样走进了公园，找了个僻静的角落，坐下。

沈安打开布袋，拿出焕然一新的胡琴，张伯伯眉头一紧。

张伯伯：这把琴不是当初那把琴吧？

沈安：就是当初那把琴啊。

张伯伯：不可能。那是把旧琴。

沈安（得意）：那是因为我让它来个大变身，以旧变新。

张伯伯：沈安哪，这乐器旧有旧的神韵啊。

沈安（委屈而低声）：可是，我以为，如果是新琴的话，价
钱可以卖得高一点。

张伯伯没说下去，他试一试胡琴的音色，胡琴出来难听的吭
哧吭哧的声音。

张伯伯（大惊）：你确定这是那把旧琴？

沈安：千真万确！

张伯伯低头，仔细翻看胡琴上上下下，里里外外。结果，细小的针口赫然出现在镜头中。（特写）

张伯伯指着针口：能告诉我，这是怎么回事吗？

沈安（惴惴不安）：我看它有点破，怕它再破下去，所以补了一下，我补得非常小心。

张伯伯（生气）：沈安，对不起，这琴我不能要了。

张伯伯生气沈安因为好心却毁掉了一把好胡琴，他不再说什么，转身离开。留下沈安木在那里。

35 场　内景　沈安家　日

沈安急急打开家门锁，冲进屋里，屋门哐当一声，她直接走到床底找出那瓶清漆，扔到屋外。

沈安（泪流满面）：叫你漆，叫你漆，这下好了，这琴费了。

她开始打自己的手，一下，两下，三下，很多下。接着颓然地坐到床上，泪流满面，任凭眼泪如瀑布般往下掉，她也没擦一下。

静静地，只听见沈安的断断续续的抽泣声。

这样过去两个小时。

沈安起身，找来抹布，又提了水，慢慢清洗地上的清漆。

36场　内景　沈安家　日

镜头对着沈安，正当她沮丧后悔自责到崩溃的程度，门外响起敲门声，她知道她终于要面对父亲。

沈安徐徐走到门口，打开门，出现父亲一张灿烂的笑脸。

沈安肿而低垂的眼睛，看见桌子上的胡琴，大川脸上扫过狐疑的神色。

沈安突然哇的一声，大声哭泣。

沈安（边哭边讲）：我以为将胡琴刷新，补好蟒蛇皮上的口子，这样就可以卖到更高的价钱……可是人家不要了……说是破坏了音色……爸，你打我骂我吧……

大川走上去，摸着沈安的脑袋，替她擦眼泪。

大川：安子，别哭了，爸爸不怪你，最坏的情况就是我们换不到两室一厅。也没多大的关系嘛。这样我们不是也住得好好的。

大川：孩子，但凡一件事情，我们要想到最坏的结果，连最坏的结果都能承受，那剩下的，就是更好一点的结果。还有，爸爸再想跟你说一句，当一件事情若不能改变它，那么试试换一种心态，去接受它。

沈安止住抽泣，点了点头。

37 场　内景　沈安家　日

字幕上显示"两天后"。

大川深情地看着"拆迁合同"以及"后续安置房协议"。特写"拆迁合同"上大川一贯起落有力的行楷签名——沈大川。

他开心的笑容就像明媚的朝阳。

38 场　内景　沈安家　日

大川哼着小调在厨房里，变魔术似的，一道道美味佳肴出现在镜头里。

快摆满整张桌子了。不忘放一瓶白兰地。

沈安怀着郁郁寡欢的心情回到家，放下书包，看见热气腾腾的一桌子菜，父亲笑意盈盈。

沈安（不解）：爸，今天是什么特别的日子吗？

大川：安子，你猜猜？

沈安：不是你的生日啊，你的生日是冬至那天，我是生日是夏至日，早不久刚刚过了。

大川走到他的床边，拿合同，递给沈安。

大川（努努嘴）：你看，这个是不是值得庆祝？

沈安睁圆双眼，她简直不能相信此时此刻。沈安抱着父亲，狂跳。他们脸上有一朵热烈盛开的笑靥。

两人跳累，坐下，喘气。开饭。

沈安开了白兰地，倒入碗里。两人举杯，一饮而尽。痛快。

沈安：爸，你是怎么拿到合同的？

大川：在最后一刻，把十万交了，然后就得到了它们。

沈安：可是钱哪来的呢？胡琴被我弄坏了。

大川：爸爸还有别的宝藏可换来钱。

沈安：什么宝藏？

39 场　内景　典当行　日

镜头插入典当行。大川从内衣口袋掏出一个红布包。一层一层打开，最里面放着一块玉佩。

典当行的工作人员甲一看这块玉，眼睛一亮。当他再翻玉佩背后，一看有个刻字，脸色一沉。

工作人员甲：老先生，你这玉想当多少钱？

大川：你看看值多少……

工作人员：什么，老先生，抱歉，我没听清你刚才的话。

大川从口袋掏出随身携带的纸和笔，笔尖流出好看的行楷字：你看看能值多少钱。

工作人员甲：这是一块上好的羊脂玉。羊脂玉是和田玉中的上品。玉上镶字，这是最可惜的地方，它破坏了整块玉的完整性。所以，你要想好，它可能没你想象中的昂贵。

大川继续写：你说说看，能当多少钱？

工作人员甲：也就六七万，如果没有刻字，价钱在十万以上走。

大川点点头，又写：成交。

工作人员甲：我们这有两种典当方式：一种是能赎回，一种是绝当，不再赎回。你选哪种？

大川写下：赎回！

工作人员甲：赎回也分三种，一种是一个月后赎回，三个月赎回以及半年后赎回。

大川顿了顿，写下：半年。

工作人员甲：行。要记住典当期限六个月满，过五天还未赎回，便为死当。处置权交由当铺。这是典当行的规矩。老人家，你可要记住了哈。（善意提醒的语气）

大川点头。

工作人员甲：那您跟我过来，我们来签一份典当合同。

大川尾随工作人员甲签合同，同时领得六万现金。

40 场　内景　沈安家　傍晚

镜头切回来。

大川（语速缓慢）：我打算半年内更努力地挣钱，然后把玉佩赎回来。这件事你就不用担心，交给爸爸处理。你接下来要做的事情就是可以开始收拾这间屋子，现在是夏天，等秋天我们就可以拿到钥匙。然后选一个黄道吉日，再搬到新家去。

沈安：爸，真的没关系吗？

大川无比肯定地点头。

41 场　内景　沈安家　傍晚

沈安在写完家庭作业之后，开始一点一点收拾。她在父亲床铺底下的角落里发现一个尘封很久的樟木箱子。一层厚厚的灰。她拿抹布擦干净箱子。

镜头往前推，直至樟木箱子占满银幕。

42 场　内景　樟木箱　日

樟木箱里是另外一个世界。处处展示沈安所不知道的过去。

一件小孩的肚兜，绣着图案。

一张老照片，背影照，上面署名"林芝"。照片上的旗袍跟沈安穿的那件一模一样。

一把折叠扇。

一本手写的《游园惊梦》的剧本，字体娟秀。（渐隐）

……

43 场　内景　大川缝纫店　夜

渐显，缝纫店的木门一块一块安装在门槽内，只留最右边的一块，从缝纫店透着柔和的灯光。

听见噔噔噔踩缝纫机的声音，再看见大川正专注地做衣服。他专注的神情，你能看见一个久经苦难却能奋斗终生的父亲形象。墙上的时钟指向九点。留声机咿咿呀呀的京剧声流淌出来。

44 场　内景　大川缝纫店　日

字幕上显示"三个月后"。

他从抽屉里找出记账本与计算器，一笔一笔计算。最后计算器上显示 28586。

大川皱起眉头，又重新计算了一遍。最后计算器上依然显示 28586。

大川（喃喃自语）：离六万还差不少。照这样的进度，必须另想办法了。

45 场　内景　大川缝纫店　夜

墙上的时钟指向十点，他做一直未做好的戏服的收尾部分。他剪去戏服多余的线头。整件戏服已完全做好。他用脸摩挲着整件戏服，闭上眼睛，像是沉浸在某种美好的状态里。接着他睁开眼，穿上戏服，打开留声机，一段铿锵有力的京剧流出，他比画了几个京剧动作。画面渐渐虚掉。

46 场　内景　沈安家　夜

渐显，悬挂笔直的戏服。特写金丝银线刺绣成的牡丹，灵气地盛放，鲜活得好像要飞出去。

大川指着戏服，沈安坐在旁边，仔细听着。

大川：安子，你帮爸爸去把这件戏服卖到剧团去。它应该值两万块钱。

沈安点头。

47场 内景 剧院 日

沈安看着父亲在纸上写的几个剧团名——"富春月""大登殿""梅舞楼"。每个剧团名字底下写着地址。

她走在人群里，手里拿着地址，找到"富春月"。它在一个僻静的角落，毫不起眼。牌匾"富春月"围着一圈小霓虹灯，忽明忽暗。

剧院里空空的。

沈安吭了两声壮胆，她（亮亮嗓）：请问，这里有人吗？

半晌，有个老人家出来回应：今天这里不营业。

沈安：我想问问剧团会不会收购戏服，我手头有一件缝制精美的戏服。

老人家：孩子，你还是找找别家吧。我们这个小剧团已经很久没余钱为演员们买戏服了。

沈安退了回来。

她坐上回家的公交车，找靠窗的位置坐下，陷入凝思。城市的光亮忽明忽暗地闪烁着，照亮了她的脸。

48 场　外景　剧场外　日

一段连续的镜头表明沈安被拒绝。白天里跑剧场，夜晚跑剧场，晴天跑剧场，最后镜头透过落雨的玻璃窗，我们看见与沈安站在对面的人，摇头。沈安对着镜头走来，她愁容满面，心情低落到极点。

49 场　外景　梅舞楼　日

沈安双手交叉，抬到头顶，重新振作起来。

沈安（画外音）：加油，一定有人愿意收的，因为这是一件世间独一无二的精品。要知道，生活中你必须趁热打铁才行。

在"富春月""大登殿"底下打钩，纸上只剩"梅舞楼"。

沈安吸了一口气，走入"梅舞楼"剧院大门。

在剧场办公室，沈安铺开戏服，剧场老板是一位四十多岁的女人，她的线条娇美，虽然光阴逝去，但她有一种特别的神采。大约是长久被艺术熏陶出来的那份优雅与知性。

剧场老板摸着戏服，深深叹了口气：它是一个杰作，可惜我这里收不了，因为现在京剧已不像当年红透半边天。现代人往往只喜欢流行音乐和迪斯科。

沈安：但还是有人热爱京剧。

剧场老板：有，也是少之又少。你走吧，找到有缘的人买下它。

剧场老板庄重地收好戏服，把包裹还给沈安。眼泪在沈安的眼里打晃，她出来之前也不忘礼貌地鞠个躬。

沈安：我不会放弃的。无论如何，还是谢谢您。

沈安转身往门外走。

剧场老板叫住了她：你可以去"广和楼"试试。那是最大的一家剧团。或许他们需要。不过他们的老板是出了名的抠。

剧场老板把写了地址的纸条递给她。

她连续点头，拿着纸条兴冲冲地跑出了门。

50 场　外景转内景　路口转广和楼　日

沈安在一个三岔路口停下来。人潮之中，沈安问路人甲。

沈安：请问，你知道"广和楼"怎么走吗？

路人停下：好像是在马路那头，走到尽头就可以看见了。

沈安：好的，谢谢。

她按照指向的方向走，走到尽头，当她看到很多人从一个门内走出，顺势抬头一看，赫然的"广和楼"三个字。

沈安穿过一条有点儿昏暗的走廊，走廊上装饰着京剧脸谱。她走得很慢，小心翼翼。在化装室外的走道上，她抱着包裹，朝演员的化妆室走去。她敲了敲门，等了一下，然后进了门。里面没人，她有些踌躇，不知道该不该留下。

突然有个声音：请问，您找谁？

沈安吓了一跳，她不知哪里发出的声音，四处张望。

从桌子下钻出一张脸，这是声音的源头。

有个穿中式对襟白衫的人蹲在工作台后，他正细细翻看一件什么东西，被工作台挡住，沈安看不清楚。

沈安敲了敲门：你好，打扰了，我可以进来吗？

那个人抬起头（诧异）：有什么事情吗？

沈安（凝重）：对不起……打扰了……我想问一下，贵团有没有收戏服的意向？

那个人继续低头弄他手中的东西：那要看什么档次的戏服呢，我们不是所有的戏服都收。

沈安由刚才的凝重稍微放松，她知道有戏，神情里是放松的微笑。

沈安：我带来的……是一件精品……独一无二……

那个人抬起头，正视沈安：哦，独一无二的精品，嗯，我倒要看看。

沈安走上前，递去包裹。那个人打开包裹，戏服露出，沈安看见他的眼睛发亮。

那个人：这是戏服中的上品，尤其是服装上的构图满而不滞、造型端庄稳重、设色典雅、雍容高贵。

沈安：最珍贵的是做这件戏服的人倾注的感情……很多人做戏服是不走心地为了挣钱……但我爸就不是……虽然我也不知道父亲为何花了好几年……做这样一件戏服……

镜头切入大川缝制戏服的画面。

那个人：听上去好像很神秘……小姑娘……你打算卖多少钱……

沈安伸出三根手指头。

那个人：三万？我想我们的齐总要知道我现在花三万买一件戏服，非怒斥我要把我劈了不可……估计我要活不了了……不过，在临死之前我愿意为了这件有珍贵情感的戏服而冒一下险……

沈安简直不敢相信自己的耳朵，她就差跳起来，她捂住自己的极度喜悦之情。

沈安（微笑）：那我就谢谢你咯。

那个人：等我去财务那里取钱过来，劳烦你在这里等一下。

那个人刚走出门，沈安跳起来，"耶"的一声。

51 场　内景　沈安家　日

沈安回到家来。

沈安（骄傲）：爸，我把戏服卖了三万块，喏，数数。

大川（看不出感情色彩）地数钱。

沈安：爸，你给我写的那几个的剧团名字和地址都没用，现在剧团冷冷清清。（叹气）我就喜欢京剧（声音低下去，低得仿佛听不见）。（略略提高嗓音）后来还是别人看我可怜告诉我广和楼可能会收，果然，广和楼收了去。也算是""对了，爸，你写了京城里所有的剧团名，怎么单单忘了广和楼啊，那可是京城最大的京剧团哦。

大川借故走开了。

52 场　内景　典当行　日

字幕上显示"绝当期的前一天"。

大川抱着一个布袋子，里面装着一大早数好的钱以及"典当合同"，进了典当行的大门。有工作人员小王迎上来。

工作人员甲（小王）：老大爷，好久不见，来取玉佩来啦？

大川微笑地点头。

大川拿出"典当合同"给工作人员甲。然后从布袋掏出一叠一叠整齐的钱。小王接过钱送到财务处。

正当两人手执笔签约，财务处的工作人员乙匆匆过来，手里捏着十几张钞票。

工作人员乙：对不起，老大爷，您的钱有十几张验钞机识别不了……

大川紧张又不知钞票怎么回事，他连连问：那怎么办……那怎么办……

工作人员甲（小王）：老大爷，如果你不那么着急的话，你明天多带一些备用的钱再来取也可以。我可以备注一下。

随即，小王在第二天的交班本上，记录玉佩主人要取，务必留住之类的话。

大川担心有闪失又毫无办法地点了点头：小兄弟，麻烦你了，明天我一定过来取。

53场　内景　典当行　日

典当行--早交班。每天典当行都要钦点绝当物品。

工作人员李斌的发小高鸣推开门，看见李斌正在玻璃台里放绝当品。

高鸣：今儿你又当班？昨儿还说你休假要陪女朋友逛街呢？

李斌（满腹怨言）：别提了，被老板叫回今天顶替王鹏，那小子据说上班路上扭到了脚。得得得，不说了。烦。（立马变出笑脸）：今儿在这里淘什么宝贝？

高鸣：哥们，看看绝当品有没有什么好宝贝。

李斌拿出绝当品，任高鸣挑。

看见玉佩，他眼睛一亮，单单相中了它。

高鸣：看看，这玉佩多少钱？

李斌：八万八。

高鸣交款走人。他知道自己捡了个大漏，赶紧走人。

54场　内景　斗宝大会　日

高鸣直奔斗宝大会。

都是常客，大家相互熟悉热络地聊天，然后今儿来了个新面孔（其实就是齐仪）。

大家纷纷把自己新收的宝贝亮出来。

突然高鸣的玉佩引起齐仪的注意。高鸣正与相中的买家甲谈价钱。齐仪穿过众人，直接奔到高鸣跟前，一把握住玉佩。

齐仪（确定无疑）：这玉佩我买了。多少钱？

买家甲对齐仪突如其来的举动不爽：什么事情要讲个先来后到吧？

齐仪视而不见，直接摊牌：十五万。（他从包里扔出十五万现金）点点。

买家甲自知自己出不来这么高的价钱，不吭声。

齐仪拿走玉佩，消失在众人的视野。

55场　内景　典当行　日

镜头切到典当行。

大川拎包进了典当行的大门，直接走到财务处，拿出"典当合同"。财务人员点钱。一切正常。

财务人员乙领着大川到工作人员李斌跟前。

李斌如惯常的姿态打开合同，瞄一眼是"玉佩"，他低头找。找着找着，没找见。他忽然想起早晨的一幕。

李斌：老大爷，您的玉佩不是成绝当品了吗？我把它卖了。

大川（以为自己听错）：什么？昨天那个小伙子说了会帮我留到今天早上。

李斌：本来今天是他的班，来上班的路上崴脚了，我被临时叫来替班……我不知道你们私底下有什么协议，我只知道绝当品是典当行有权处理的……也真巧一大早就有人看中了，我想也没想就把它卖了……因为它成绝当品，我们公司有权处理的……

大川一听，所有的怒气涌来，怒不可遏地朝着摄影机猛冲过来，拉不住，他一把揪住工作人员李斌的袖口，大喊大叫。

大川：为什么就不能等等？为什么？

李斌（用力拉开大川的手，大川不放手，衣服被扯破了）：
你放开我，放开我。

其他人纷纷上前，意图解救。

大川主动地又颓然地放开紧握工作人员的手。他失魂地往外
走，看得见他的背影消失在镜头里。

56场　内景　沈安家　日

一个跌跌撞撞的大川进入画面，他手里拿了一瓶白酒。他拿
出钥匙，门钥匙穿了半天对不上钥匙孔，最后终于身体连并
地推开了家门，他踉踉跄跄瘫到床上，抡起白酒瓶，往喉咙
里灌。

突然他低头伸手拉出床底下的旧樟木箱子，抽出一张照片。
他把照片贴在脸上，醉醺醺地哭着，像是一个知错悔过的孩子。

他呕吐，一摊水，食物，和着眼泪。

57 场　内景　沈安家　日

显然，大川已经睡了好几个钟头。这时大川不安地来回翻身，醒来，伸手去摸床头柜上的闹钟，睡眼惺忪地看了一下，反身又躺在枕头上。两眼半睁半闭，让一只手臂随意悬在床侧，手触到一只软底拖鞋。他抓住鞋头，举起鞋子不住地敲打地板。

58 场　内景　沈安家　日

回到家的沈安看见异样的父亲，看见地上的呕吐物，她默不作声，找来扫把清除。

59 场　内景　沈安家　日

她走到厨房里，尝试做晚饭。在厨房扑来扑去，像一只受惊的鸟，勉勉强强做了一碗西红柿鸡蛋面条。

60 场　内景　沈安家　日

沈安端出面条，从厨房走进卧室。

沈安（站在父亲的床边）：爸……（轻轻唤了一声）

大川转过脸背向沈安。

沈安：玉佩赎回来了吗？

大川听到玉佩，又转身面对沈安，眼眶里闪着泪花。

大川（难过）：玉佩……它被典当行卖掉了……

沈安（嘴巴张得大大）：啊……怎么会这样……

我们看得见大川坐在床头一五一十地慢慢讲述发生的事情。画面渐渐淡下去，已听不到里面在讲些什么。

61 场　内景　广和楼齐仪办公室　日

齐仪深吸了一口空气，抚摸着玉佩，目光投向了明媚的天空。

62 场　内景　沈安家 日

沈安：爸，这件事交给我。我一定把玉佩找回来。

63 场　内景　典当行　日

沈安穿过街道，走进典当行。如常，有工作人员迎上来，他便是小王。

小王：您好，请问有什么能为您效劳？

沈安：我有一事相求。

小王露出狐疑的声色。

沈安：我爸爸之前在这典当一块玉佩。

小王（打断沈安的话）：你爸爸是沈大川吧？

沈安：正是。你认识我爸爸？大概也知道这回事了。

小王：是的，我后来听到这件事就一直感到非常的不安。因为我那天早上崴脚去医院，而酿成一件大祸。我非常希望做一些什么能补救。（眼睛露出恳求的目光）

沈安：我爸说这件事不能怪罪任何人……谁都不是有心的……非常感激您的好心……我希望能从这里得到线索……然后找到玉佩最终在谁手里……

小王：谢谢你爸爸的谅解……在你到来之前……我详细地打探了一下……听说有个收藏家以高价买走了……

沈安（被突如其来的这个消息一震，她兴奋地问）：知道那个收藏家是谁吗？

小王（摇摇头）：目前还不知道。

沈安瞬间又陷入失望之中，她急切地上前抓住小王的胳膊，摇他的手臂。

沈安：那……那……那怎么去找这个人呢？

小王：你先放心，那个错卖你爸玉佩的我的同事李斌，他和他的朋友高鸣都在想办法找到这个人。这样吧，你把电话留给我，有消息我第一时间通知你。

沈安：太好了。

沈安从书包里掏出纸和笔，郑重写下电话交给了小王。

64场　内景　沈安家　日

在空旷的院子里，一片羽毛被微风吹起，打着转儿向地上落去。沈安看着它落地。突然，一阵风吹来，又把它扬回了天上。沈安的视线跟随着羽毛，它渐渐落地。这是一个礼拜天。"铃铃铃"电话响声，将立在窗户边沉思中的沈安拉回到现实。

沈安接通电话。

小王画外音：你好，我是典当行的小王，玉佩终于有消息了。收走玉佩的那个人叫齐仪，听说是一家剧团的老板。这是好消息，同时也是坏消息。坏消息是这个人特别不好对付，眼尖又市侩，听说每一笔收藏他若不大大赚一笔，他是不会出手的。所以你要做好心理准备。

沈安：真是太太太谢谢你了。好的，我这就要去找他。再见。谢谢这个美好的周末来了一个爆炸的惊喜。

沈安幸福地挂上电话。

小王的画外音：等一等。

沈安开始铿锵有力且慷慨激昂地唱曲，就唱了几句，电话又响了。

沈安接上电话。

小王画外音：你还没听到去哪里找他呢。记得去"广和楼"。广是广场的广，和是"你和我"的和，楼是楼梯的楼。

沈安听到"广和楼"三个字，脸上浮现了笑容。她想起了戏服就卖到"广和楼"。

65 场　内景　广和楼　日

镜头切到"广和楼"。广和楼的演员们正在排练室练习。齐仪走入排练室，细细看演员们的练习情况。

齐仪（指着一个十三四岁的男孩）：小桃子，你可以回家去了，祖师爷没赏给你这口饭，仓都倒了，再唱你就是真浪费生命。趁早去学另外的手艺吧。

小桃子停下声来，僵住在那里，眼泪在眼眶里打转。不知是走还是留。

齐仪（不堪忍受一对男女组合的京剧曲目）：这是这段时间以来我听到过最没进步的！如果你想做一个演员，你就得与众不同。你得有特色。知道吗？

齐仪继续往前走，走到安心跟前：你要知道，你的潜能的一次重新组合（安心垂下眼睛）这一过程全凭个人的悟性，无疑会有一点儿痛苦，但同时也是惬意、令人宽慰的。

齐仪（他发起火来）：你们要加油练习，练习之上，是要走心，要领悟，要融会贯通，这是成名成家的基础。好了，现在我要去睡个午觉，以便在今天晚上再看看你们的进度……再见。（扬长而去）

众人齐声：再见！……（见他的身影消失在墙后，便喊起来）睡个好觉！

66 场　内景　广和楼齐仪办公室　日

齐仪在剧场的休息间，细细摩挲着玉佩，在"芝"字上大拇指摸了又摸，一摸再摸。闭目遐想。

67 场　内景　广和楼　清晨

清晨，齐仪出现在"广和楼"门口，他往最里头的办公室走去的路上，剧团工作的人们都处于高度的戒备状态，一见到他都毕恭毕敬向他点头微笑行礼。对于这些微笑行礼，他并非统统买账，只回应了某些人。

服装部总监（也就是早几天从沈安手中买下戏服的那个人）迎上去：齐总，您要的那批脸谱道具在您到来之前已经搬到库房里了，您什么时间得空去看一看？

齐总：这件事你办好了就行。

服装部总监：另外还有件事，有个人昨天跑来这里，听说您买了一块玉佩，她说她想见你。

齐总（脸色铁青，非常严肃）：不见。以后不用再提玉佩的事情。（语气坚定而不容置疑）

服装部总监不再说话。

齐仪继续向前走，走进了他的办公室。

68场　内景　广和楼　夜

背书包的沈安，立在"广和楼"走廊，等待齐仪的到来。她看了手表，指针指向六点半。剧场的工作人员走来走去，她时不时挪动位置。当她再次看表，指针指向九点。

沈安着急地往外跑。哪知与一个人结结实实撞了个满怀，那个人就是齐仪。沈安抬起头看到齐仪，不停地表达歉意：对不起……对不起……

原本怒气就要上来的齐仪，突然几乎刹那间僵住在那里。恍惚之间，回到他的青春年少与心爱的女孩撞个满怀。

齐仪突然叫了一声：林芝。

沈安大惑不解：你怎么知道我母亲的名字？

齐仪缓过神来：就是你要买那块玉佩！

沈安：对，那是我父亲最心爱的宝贝。

齐仪（几近咆哮）：那为什么还要卖掉？？？

镜头慢慢地拉近，定在齐仪的脸上，齐仪表现得失常至极。

只听见沈安的解释：这件事说来话长……（渐隐）

69场　内景　广和楼　夜

（渐显）沈安的脸，一张俊秀而灵气的脸。

沈安：你能跟我讲讲我母亲吗……对于母亲……父亲总是避
而不谈……我想他应该有他不说的原因……所以……即使我
非常想知道……也没强求父亲讲出来……我想……要是时机
到了……我就会自然而然地了解……

齐仪（若有所思，像陷入一段回忆里）：你母亲……林芝她……
迷人，富于才华……并且热情洋溢……

70场　内景　林芝家　日

音乐起，连续的一组镜头：

——画面切到林芝小时候，你总是试图看见她的脸，她总是
以背影现身。听得见清脆的甜甜的声音正在读《贞女传》，
"百年节义仗英豪，一死翻怜女子高。不敢高歌题卷上，转

喉恐触旧官曹"。她也读《乱世佳人》——"上地为我作证，上帝作证，我是不会屈服的，我要渡过这难关。战争结束后，我再也不要挨饿了。不要，我的家人也不要。即使让我去撒谎，去偷，去骗，去杀人，上帝作证，我也不要再挨饿了。从彻底的失败中，一个崭新的，成熟的斯嘉丽站了起来。"

71 场　内景　林芝闺房　日

林芝的闺房布置得温馨。床头错落有致摆了一排书。有《乱世佳人》《呼啸山庄》《简·爱》，也有《西厢记》《红楼梦》《诗经》等等。墙上有一个京剧脸谱挂着，正对着林芝的床。临窗的桌子上摆着一捧鲜花，盛开得热烈。角落处有一台留声机，《you are my sunshine》流出。林芝一边做刺绣，一边跟着哼唱起来。

72 场　内景　林芝家　日

林芝的父亲看见林芝正往外跑，叫住她。

父亲：林芝，成天像个野丫头，像什么话！女孩子家要有女孩子的矜持。

林芝站定，转过身，微笑地接父亲的话：女孩子家要"男女大防""男女有别""男女授受不亲"。爸，我都背下来了。我知道啦。

父亲（伪装严厉）：知道，还天天跑场子看京剧。

林芝辩驳：京剧是国粹嘛，爸，你要我读《红楼梦》《诗经》，不就是要我吸取中国文化的精华嘛。

父亲：少贫嘴。

林芝的母亲走出来，拉住丈夫：好了，少说两句啦，林芝，回房去！

林芝噘起嘴巴走回房间。

73 场　内景　林芝家　傍晚

夜幕初上。林霜长相干净俊秀，他是林芝的兄长，大林芝三岁。二十岁左右。他悄悄走到林芝房门前，轻轻敲门。

林芝打开门，跟着兄长穿过走廊，偷溜着出去。

父亲在暗处看到，但任由他的孩子出了门。一个表面严厉实则宽容的父亲。

74 场　外景　剧场外　傍晚的更晚些时候

林霜带着林芝，在剧场门前与一个人聚合。这个人正是年少时的齐仪。

林芝（甜甜叫了一声）：齐哥哥。

齐仪（笑得灿烂）：今天是秦大川的《贵妃醉酒》，他最精彩的曲目。

齐仪掏出三张门票，三人进了剧场。

75 场　外景　剧场外　夜

林霜、林芝与齐仪出了剧院门。

林霜：秦大川这场《贵妃醉酒》，得体的手势，动听的音调，让人感到这简直是上帝之手制造的一件精妙无比的杰作。

齐仪：对对对，称得上杰作。这秦大川必定前途无量！

林芝并未插话，她还陶醉在大川的表演里，随口唱了几句"海岛冰轮初转腾，见玉兔，玉兔又早东升。那冰轮离海岛，乾坤分外明，皓月当空，恰便似嫦娥离月宫"。

76 场　内景　广和楼　夜

月亮照在窗玻璃上，发出微弱的亮光。齐仪办公室的陈设依稀可见。只见他躺在沙发上，失去往日咄咄逼人的神采，手握玉佩，脸上是无尽的悲伤。

音乐止。

77场　外景　花园　日

繁花盛开的春天，那日阳光正好，林芝穿过种满桃树的花园。大川平头，长袍，分明轮廓，款款而来。林芝与大川撞个满怀。林芝失神丢掉了手里的诗本。大川帮着捡了起来，一看是《泰戈尔诗选》。

大川递给林芝：你也读泰戈尔。

林芝娇羞点头。

大川随口吟出一段"夏天的飞鸟，飞到我的窗前唱歌，又飞去了。秋天的黄叶，它们没有什么可唱，只叹息一声，飞落在那里"。

林芝：这是《飞鸟集》。Stray birds of summer come to my window to sing and fly away。And yellow leaves of autumn，which have no songs，flutter And fall there with a sign。（流利的英文经林芝的嘴唇流出，真好听）

大川：每个诗人的心尖都开着一朵花。

林芝：那些好诗不在于它讲了什么，重要的是它让我们感知到了没有说出来的东西。

两人相视一笑，相见恨晚。

78 场　内景　林芝闺房　日

那晚林芝换上外祖母少时的鹅黄色旗袍，切入与大川相遇的画面，她穿上旗袍，看见镜子里稍显玲珑的自己，无比羞涩。

79 场　外景　小树林　日

大川教林芝唱京剧。

大川唱一句，林芝学唱一句。

只听见他们在一句一句唱着《霸王别姬》，画面渐隐。

80 场　外景　小树林　夜

他在她身旁并排走着，在静谧的黑暗中，他的呼吸显得很响。他望着她，而她在笑。这是情真意切的时刻。他不小心碰到她的手。他们二人的全部感觉都在他们触摸到的每一寸的皮肤上。

大川：你紧张吗？

林芝 ： 正相反。

他轻轻拍她的脸，爱抚她。

她吻他那艺术家的手指。

他们深情吻了起来。

81场　内景　剧场　夜

有一幕，大川在唱一出戏，在台上将台本里女主人公的名字直接改成林芝。

底下的观众听到林芝这个名字，你看着我，我看着你，丝毫不知发生了什么。林芝在台下低头浅浅一笑。而齐仪愤然走出了剧场。林霜表情奇怪地看着林芝。

82场　内景　林芝家　清晨

第二天早晨，一家人围坐餐桌前用早餐。与往日欢快的氛围不同，显得凝重，空气中似乎有乌云在攒集。林芝的父亲神情严肃地看着用餐的林芝。她正小口地喝着紫米粥。

林芝的父亲：林芝，最近你都做什么了？

林芝（心虚地低着头）：没做什么。（声音弱得像蚊子嗡嗡地响）

林芝的父亲（发怒）：听说你谈恋爱了，居然和一个戏子，林芝，你太胆大包天了。

林芝（低声辩解）：爸，戏子怎么了，戏子就不可以恋爱吗？

林芝的父亲：戏子能不能谈恋爱不重要，重要的是我们家不能找一个戏子当女婿！

林芝抬头，眼眶中含着眼泪：爸……（尾音拖得长长的）

林芝的母亲：胜奎，你少说两句，林芝还小，还没到谈婚论嫁的地步……

林芝的父亲转头对着妻子吼：林芝就被你惯坏了。

林芝的母亲不再吭声，知道丈夫正在怒火朝天之际。

林芝的父亲摔手离席：林芝，这段时间你好好在家待着，不准出门！

83场　外景　小树林　傍晚

林芝有一天偷偷溜出门，她一路跑到剧团找大川。

他们一见面就抱在一起，大川喃喃低语，亲吻林芝的额头，眼睛，下滑到嘴唇，舌头与舌头打转。

林芝的父亲突然从两人后面走出来，气愤至极，走到他们俩面前，他打了林芝一个耳光。

林芝的父亲冲着大川说道：但愿以后我永远也看不到你。

父亲拽着林芝就往回走。

大川被突如其来发生的事情吓愣了，他呆立着，不知如何是好。

林芝拼命想挣脱父亲有力的手掌，泪眼婆娑向后看。

84场　内景　林芝闺房　日

禁足的日子里，林芝在闺房里，一日三餐饭送进房间。

一段连续的画面。

林芝朗读泰戈尔的诗歌。"夏天的飞鸟，飞到我的窗前唱歌，又飞去了。秋天的黄叶，它们没有什么可唱，只叹息一声，飞落在那里。"

林芝朗读易卜生《玩偶之家》：现在我只信，首先我是一个人，跟你一样的一个——至少我要学做一个人。

林芝铿锵有力唱京剧《霸王别姬》选段。

85场　内景　林芝家　夜

有一天家里疏于防守，林芝匆匆收拾准备逃走。临走前，林芝拿走一块玉佩。切回玉佩，是外祖母送给她，外祖母最怜爱她，在玉佩后刻"芝"字。

林芝走出家门。在门口叩了三个响头。

她消失在月色里。

86场　内景　广和楼　夜

林芝出现在剧团后台，大川正准备登台。大川看见突然出现的林芝，感动惊讶，又看见林芝的包裹。

大川：你怎么逃出来了。

林芝：时间不多了。我就问你，你愿不愿意带我远走高飞？

大川完全没有预料这个场景。他木然地站在那里。

林芝：你必须以最快的速度做决定，走不走？也许很快我家人就追过来了。

大川点头，连忙去住的地方匆匆收拾，临走前写了一封信给剧团团长："生命诚可贵，自由价更高。若为爱情故，一切皆可抛。"

87场　外景　乡下　日

他们隐居于一个谁也不认识的乡下，过着农村生活。不得不为了生计，学着种庄稼。每天一听见鸡叫就到地里去，帮着收割、打场。每天很晚才回到家里来。他们的身上都是土，头发上是柴草。蓝布衣裤汗湿得泛起一层白碱，她总是撩起褂子的大襟，为他抹去脸上的汗水。

88场　外景　山野田间　日

太阳直射在堆满畜肥的沟渠上。草绿色的蜥蜴在红褐色的泥土上悄悄爬过。大川以大地为舞台，念唱做打，一曲《定军山》唱得人血脉偾张的是浴血贲张，林芝坐在炙人的热浪中，动情之处，她起身将擦汗的毛巾舞成水袖。好一道精彩绝伦的夫唱妇随。好一道以天为庐，以地为席的京剧盛宴。看不到什么人。空旷的土地上热气逼人，这片土地向远处延伸，似乎没有尽头。乌鸦的尖叫声在空中回荡。

89 场　外景　山野田间　日

生活平淡又浪漫地，一天天过去了。

那一日，天空明媚。

林芝：大川，告诉你一个好消息，你要当爸爸了。

大川：真的吗？我要当爸爸了。我要当爸爸了。（幸福得不敢相信似的）

这时突然天色一转，风狂雨骤，一阵紧似一阵，天昏地暗压将下来。

被幸福冲晕的大川即兴唱了最拿手的京剧选段。仿佛有百十辆火车，呜呜放着汽，开足了马力，齐齐向这边冲过来，车上满载摇旗呐喊的人，空中大放焰火，地上花炮乱飞。欢喜到了极处，又有一种凶犷的悲哀。

大川的唱腔响彻山谷，一字一句一腔一式紧紧绞着，绞着，绞得扭麻花似的，与苍天交缠，挤榨，只搅得天崩地塌，震耳欲聋。

这一片喧声，无限制地扩大，终于胀裂了，大川唱累了，累到极致，跪在大地，嘴里念叨"苍天在上，感恩赐子于大川。"叩了九个响头。

90场　内景　乡下大川家　日

夏天的汛雨欢快地击打屋顶瓦砾上。雨点把刚长出嫩叶的颤悠悠的树枝压得微微地垂了下来，水柱顺着槽沟轰隆作响地流进了排水管。斑坞鸟竖起了羽毛栖息在房檐下。雨水淋拍着陈旧的墙垣，洗涂着岁月剥蚀的三扉窗的玻璃，像是在玻璃上蒙上了一层飘拂的轻帷，使人看不清窗内的动静，只听见大川在呻吟说胡话。

林芝在灶台里烧水，水烧开了，锅里咕咕地冒出泡。

林芝舀了几勺水倒进脸盆，匆匆走到卧室的床边，为躺在床上的大川擦额头。她拧干毛巾，晾至微凉，放在大川的额头上。一遍一遍。

91 场　内景　乡下大川家　清晨

第二日清晨，雨过天晴，万物朝气蓬勃。一抹阳光照进房间，正好照在大川的脸上。

大川睁开眼睛，微微转过头看着林芝，深情地看。

林芝转过身，继续睡着。

大川悄悄地起床，来到厨房，烧柴火，做早餐。

待白粥熬成烂糊，他舀起两碗，又从灶台的瓶子挖出一点咸菜，端到床头。

大川：林芝。

忽然他发现自己声音发哑。

林芝迷迷糊糊醒来，一看见大川，立即爬起来。

林芝（歉意地微笑）：你起床了，我这就起来给你做早饭去。

大川（微笑）：早饭在这呢。

林芝发觉大川声音的异常（关切）：大川，你嗓子怎么了？

大川（故作轻松）：估计是发烧，嗓子有点发炎，没事，养几天就好了。

92场　内景　沈安家　日

镜头又切回齐仪与大川的见面。

齐仪：你的嗓子从那时起就倒仓了？

大川点了点头。

齐仪：那林芝知道吗？

大川摇头。

齐仪（无比想知道）：那之后发生了什么？

大川：我永远也忘不了这之后的事情。倒仓已经夺走了我最后一点儿年轻的生命。可是上天对我还不肯善罢甘休。

大川的脸上浮现一种受伤的神情。他转过脸去，不肯让齐仪看见他的眼泪。

93场　内景　乡下大川家　日

镜头切回林芝怀孕。

林芝肚子突然一阵一阵地痛。痛得厉害，林芝紧锁眉头，咬紧嘴唇。大川赶紧去村里找来接生婆。

接生婆：你老婆难产，赶紧去烧一壶水，拿剪刀和干净的被单来。

林芝虚弱地躺在床上，头上冒出豆大的汗珠。她终于忍不住大口喘气，呻吟，继而喊叫，这疼痛铺天盖地而来。

接生婆：小口喘气，别叫，保持力气。

林芝眼睛渐渐闭上。

接生婆（摇醒她）：不能睡，撑住力气，宫口开全了。糟了，最先看到的不是孩子的头。胎位不正。等等，我伸手去掰正来。

话未说完，孩子的腿出来了。

接生婆（大喊一声）：糟了。孩子一条腿先出来。孩子，加油。现在只能尽人事，听天命了。

虚弱的林芝咬紧牙关，试图努力，但怎么努力，孩子只是一条腿出来。

突然之间紧锁眉头的林芝松弛了下来。

林芝：刘阿婆，我怎么觉得好像不痛了，孩子没什么事吧。

接生婆：你千万别泄气，一定要相信自己能生下来，来，来，我们再来用力。吸气，多吸几口气，再向下使劲。

十几分钟过去了。

林芝：刘阿婆，我没有力气了，我想睡觉，我太累了。

接生婆：孩子，千万不能睡着。一定要向下使劲用力，孩子现在卡着，非常危险。

接生婆伸手去拽出孩子的另一条腿。

接生婆：孩子的两条腿出来了，再用最后一点力气，来，吸气，用力！

94场　外景　乡下大川家外面　日

大川在屋外听声音，他不知如何是好地走上走下，拳头紧紧搂着。突然只见他扑腾一声跪在地上。

大川：老天爷，求求你，保佑林芝和孩子平平安安吧。我愿意用自己的性命去换母子平安。

95场　内景　乡下大川家　日

终于，孩子出来。

接生婆：孩子生出来了，孩子生出来了。

林芝流下激动的泪。

大川闻讯跑进屋里，抱着林芝也流下眼泪。

接生婆（愕然）：糟了，孩子没有呼吸。

接生婆拍打着婴儿的肚子脸蛋，孩子一动不动。

林芝强行要起来，大川马上从接生婆手里抱走孩子，放到林芝旁边，林芝不停叫唤孩子，帮孩子擦身。

像奇迹发生，哇的一声，孩子哭出声音来。

正当三个人喜极而泣之时，林芝伸手摸了一下下半身，手伸出来时，全是鲜红的血。如潮涌流出，止也止不住。

接生婆慌了神，大川拼命用棉絮挡住。

林芝恍惚，越来越虚弱。

林芝知道自己快不行了，从枕头边拿出一块玉佩，交到大川手里。

林芝：大川……我快不行了……这块玉佩你拿着……等孩子长大了再交给她……你帮我对孩子说声对不起……我不能陪着她一起长大……让她一出生就成为没妈的孩子……

大川（哭出了泪人）：林芝……你别说了……是我对不起你……没能给你好的生活……最后连你的命都搭进去了……我恨我自己……林芝……对不起……对不起……

林芝用尽最后一点力气，摸着大川的脸：大川……和你在一起的时光……是最幸福的……也许是老天都妒忌我太幸福了……所以强行要把我从你身边带走……很抱歉我失约了……没能陪你一起慢慢变老……我就是觉得……眼睛越来越睁不开了，嘴巴像是塞满了棉花……

林芝双手抖动，仿佛用尽最后的气力。

父亲抱着母亲的身体，眼角满是泪水。

林芝永远地闭上了双眼，镜头停在林芝的脸上。

96场　内景　沈安家　傍晚

镜头切回齐仪随着沈安来到大川家中。室内过时的家具有些昏暗，但擦拭得干干净净。白色的墙壁因为年长日久已经微微泛黄。两个独立的床分别在屋子两侧。大川面目沧桑、落魄至极，全然无往日风采。

齐仪（责问）：林芝哪里去了？

大川一听到林芝，声泪泣下。

齐仪（像疯了似的）：如果不是你夺走了我的林芝，林芝现在还好好地，是你害死了我的林芝，你是罪魁祸首！！！

齐仪已经失控地跑出门外。

97场　外景　街道　夜

齐仪走在街道上，跌跌撞撞。他索性就地坐下。夜风高吹，弦月在天，云层低压而晦暗。他抬头望着天空，眼泪涌了出来。

他呼喊着哭了一场，哭的声音想必每个听到的人也忍不住跟着流泪。

98 场　内景　沈安家 / 大川缝纫店　日

日子表面上似乎恢复风平浪静。

沈安上学，大川依然每日穿梭于缝纫店量体裁衣，养家糊口。

99 场　内景　沈安家　夜

夜里。房间里没有开灯。墙上的挂钟嘀嗒响着。大川悄悄地爬起来，他看见一只脚在帘子外面游荡呢。大川把沈安的脚放回被子，沈安一点儿也不知道。睡得香极了，像只贪睡的小花鼠。大川随手披了件衣服走出卧室。

大川脑海响起画外音——你是杀死林芝的罪魁祸首……你是罪魁祸首……

大川握住自己的耳朵，仿佛要声音不要来。

100 场　内景　大川缝纫店　日

一日，大川在缝纫店时，客人上门量体裁衣。是一对母女。

女儿：妈，今晚"广和楼"上演《霸王别姬》，我们要不要去看。

母亲：去吧，反正我也没什么事。顺便我们叫上你二姨，你二姨最爱这部《霸王别姬》了。

女儿：那我今晚就穿那件粉色的丝绒旗袍去。

大川在一旁用皮尺记下母女俩的肩围，腰围，臀围，记录在纸上。

女儿：大叔，衣服什么时候能做好？我想穿它上台表演。

大川手写"十天后"给母女俩看。

女儿点头：嗯，来得及。

母亲从包里掏出钱付款，从镜头里看见母女俩手挽手离开了缝纫店。

101 场　内景　广和楼　夜

距开场仅有半个时辰，突然有个熟悉的身影出现在戏院门口，仔细一看，那个人是秦大川。

他买了一张最后排的票。这是多年以后第一次看戏，大川魂牵梦绕这么多年，激动之情溢于言表。他根本没看台上的京剧表演，而是一直飘忽的，不知他出了什么神。

散场后，人们纷纷离去，大川站上久违的舞台，随性舞了一段，人虽老矣，但身段与范儿依旧在。表演完后，大川颓然坐在台上，闷闷地喘气，叹息。

这一幕正巧被广和楼的主人齐仪看到，至精彩之处齐仪大声喝彩。

沈安也出现在现场。他们彼此没看见。

沈安被眼前的这个父亲给惊呆了。

她偷偷离开剧场。

102 场　外景　公园　傍晚以后将暗未暗

接下来第二天，沈安晚上偷偷尾随父亲。

镜头跟拍傍晚出门的父亲。他来到公园一个僻静的角落，大川全神贯注地练身段，向左侧弯腰伸手触地，再向右，然后收腹起跳。他转过身来，嘴巴一张一翕，声音低得都听不见。

103 场　内景　广和楼　夜

镜头切回广和楼，齐仪见到大川舞台上的表演，拍手称赞。

齐仪：好身段，多年不见，身手依旧不凡。

大川看见齐仪，一愣。

大川：你怎么在这里？

齐仪：广和楼是我的，我怎么不可以在这里？

大川：献丑了，不好意思，告辞。

齐仪：等等。

大川跳下剧台，径直向门外走。

大川（画外音）：赶紧逃离这个舞台。你越渴望舞台，你会被伤害得越深。

镜头特写大川的脸，他惊恐地想要远离这个地方，但又看得出他似乎依依不舍，二者交织在一起的奇怪的神情。

104场　内景　大川缝纫店　日

过了几日，齐仪来到"大川缝纫店"找大川。

齐仪看见低头踩缝纫机的大川，气不打一处来。他按住缝纫机正在绞边的衣服。

齐仪：该死的衣服，它们不该占据你接下来的生命，它们不值得。

大川：请你忘记过去的沈大川，他在林芝死后跟着死掉了，现在的沈大川就是众多缝纫店的一个裁缝。

齐仪：生存和梦想，究竟哪一种更高贵？

大川：食不果腹，谈什么梦想，奢侈且愚蠢！我现在安心做一个好裁缝。

齐仪：哼，如果你安心做你的裁缝，那为什么那天上演《霸王别姬》你要出现在舞台上？！你以为逃就可以逃掉吗？它在你的生命里，血液里，哪怕你洗刷，也未必能如愿。何不放开自己，顺应你的使命！

大川：对一个倒仓之人说这番话，无疑是站着说话不腰疼。

你竟然经营"广和楼"，难道不知道，仓都倒了，粮食都没了，还能指望这个？

齐仪：你比我更清楚，有的京剧演员即便是倒了仓，仓没了不要紧，人家自己建仓。

大川：并不是每个京剧演员都能从倒仓的厄运中爬出来。

齐仪：好吧。我不强求你。说实话，你重不重新站上舞台，与我半点关系都没有。我经营着最大的剧团，每天有无数的演员想进入我的剧团。他们各怀绝技。说实话，我真没有必要在你身上花费时间。

大川：我也不需要你的浪费精力。

齐仪：可是不知道为什么，从我那天在舞台上见你，我的灵魂不受控制，有个声音告诉我——你必须帮助秦大川重登舞台。我想这个声音也许来自林芝。

大川终于收起抵触的情绪：好吧，我试试吧。

齐仪三步并作两步上前紧紧握住大川的手。

齐仪（激动）：放心，我一定会帮你。

这种激动与他平日冷酷的面孔相差甚远。

105 场　内景　广和楼　夜

夜里出门，镜头跟拍大川，他来到广和楼，躲在一个不易被发现的角落。剧院散场，演员们都回去。他出现在剧台上。大川开始舞起来，跳的是一段很优美但难度很大的唱念做打中的"打"这个片段。不一会儿，腾空翻跃起来，做出令人难以置信的动作。大川的额头出汗了。大川擦去额头上的汗水，动作越来越快，最后跌倒在舞台上。大川捧着脸哀伤，从舞台后面走下来。

坐在观众席的齐仪迎上去，伸出手，轻轻拍拍大川的背，试图给他安慰。大川却因为对自己的不满而深感挫败，他向后退了一步。

齐仪：别着急，慢慢来。

大川：我想我是无缘舞台了。

齐仪：别泄气，说不定柳暗花明又一村，惊喜在前面等着呢。

大川（泄气）：不，我想我永远做不到。

他们面对面站着，像是在交战。

106 场　内景　广和楼　夜

镜头切换。

大川与齐仪面对面坐在舞台上，十几瓶啤酒横七竖八，空空的罐子。

因酒精的放松，他们有一搭没一搭地说话。

齐仪：大川，我跟你说实话吧。我也爱京剧，京剧就是一场华丽的梦，关内逐鹿，塞外长风，水袖轻甩，宝剑斜插，英雄美人。京剧我最爱《霸王别姬》选段。当年逢你的场是必捧的。

借着酒劲，齐仪唱了几句《霸王别姬》。

大川不自觉地跟着舞动了几下。

齐仪：大川，你要相信我，你是为京剧而生，没有什么能够阻挡你的光芒。即使你倒仓，你一定可以想办法克服。

忽然齐仪灵机一动，他在大川耳边悄悄说了几句。

107 场　内景　沈安家　傍晚

镜头切换。沈安一放学便往家跑。

她熟练地在厨房里做了两道菜。

大川推门而入。

沈安脱下围兜，笑脸相迎：爸，回来啦，洗手吃饭吧。

大川点头，坐下。

沈安：今天的菜好不好吃？

大川：嗯，女儿的手艺越来越棒！这段时间因为爸爸每天去广和楼辛苦你了。

沈安（笑呵呵）：爸，咱们谁跟谁呀？看见爸爸为了自己所爱的事业这么努力，这么坚定，风雨无阻，我觉得自己仿佛浑身充满了力量。我要谢谢你，爸爸。

大川不知是感动还是感激地望着女儿。

大川匆匆扒完饭，起身就往外走。

沈安收拾碗筷。

108 场　内景　广和楼　夜

齐仪安排剧场，为大川演练。

这一天，齐仪面带微笑，非常平静，望着大川。

齐仪：大川，我有个想法，想和你谈一谈。

大川停下练习身段，也看着齐仪。

齐仪：我觉得你练习这么久，是时候独自登台了。

大川一惊，连连摇头。

齐仪：总要有这么一天，以我看来，你有足够的实力重登舞台。这样吧，我安排你的一场表演，就在下个星期二。怎么样？

大川：我能行吗？

齐仪：相信我，如果按你平时排练的状态去表演，你太没有问题了。

大川点头。

109 场　内景　沈安家　夜

回到家后的大川，紧张得失眠。

半夜里，他听得见水龙头滴水的声音。

他披件衣服起身，关紧水龙头。

他在院子里踱步，走来走去。

110 场　内景　广和楼　日

齐仪安排剧场准备大川的表演。

海报上噱头做得很足，大写特写昔日名角沈大川的出山，票很快一抢而光。之前的老人以及现在京剧新小生都来看。曲目赫然写着《霸王别姬》。

111 场　内景　广和楼　夜

终于迎来大川的首场演出，他时隔很多年，第一次在台上看着底下的观众，浑然一片，人影憧憧，分不出是现实还是幻境。一切都迷蒙不清。大川大汗涔涔，手心发抖。大川的紧张溢于言表。

他晃了晃眼睛，又逐渐地清晰过来。底下的观众，呼声是情深意切。

按照几百次的排练，大川镇定下来。

他向后看了一下，音乐开始。大川以他精彩的身段加唱歌驾驭了表演，堪称精彩至极。

观众鼓掌，掌声热烈，持续了很久。大川谢幕。大川与齐仪都非常激动，两人击掌，大川饱含热泪。

当初那两个来大川缝纫店量体裁衣的母女也出现在剧场。她们坐在观众席，女儿恍惚间觉得舞台上的人认识。

女儿：妈，你有没有觉得舞台上的人很眼熟。

母亲：我也觉得好像在哪见过。

女儿：他很像跟我们做衣服的那个老裁缝。

母亲：对，对，对，是很像。不过怎么可能，一个裁缝能把京剧唱得这么好？

镜头切换，原来是双簧，大川在台上舞身段，对口型，齐仪在幕后唱。

112场 内景 广和楼 夜

画面切回大川与齐仪锻炼的情形。

一系列镜头——

我们可以看到齐仪和大川在夜里排练的场景。

他们谈论剧目，大川走上台，一招一式，先是用极其沙哑的声音唱，齐仪合上去。

大川示意停下，指点齐仪该怎么唱更好。

渐渐地听不到声音了，只看得到他们在台上的表演。

113场 内景 广和楼 夜

大川找回信心，开始更加勤奋练习。在练习中，大川发现自己的声音有一点点的恢复。他试图让声音更清亮一点。忽然停住。他捂住喉咙，摇了摇头。

齐仪在一旁指导：深呼吸。胸腔打开……提升横膈膜……让空气进入腹部……试着发音，干脆的发音。

一系列连续的镜头，不同的片段，不同的日子，都是在剧场的后台，他们两个夜以继日地锻炼。

114场　内景　广和楼　夜

大川初演的《三字经》，自始至终全为念白，韵味悠然，念白如唱。大川将表演，手、眼、身、步结合一体，准确严谨，凝重潇洒，又将念白处理得像唱一样具有强烈的艺术感染力，悦耳动听。念白和低沉回响的唱腔互为表里，彼此依托。大川重新焕发出新的光芒。这是大川人生中最辉煌的时刻，与之前的辉煌完全不同，这是跌入谷底重新攀登的辉煌。这辉煌来之不易。

底下的许多观众都一动不动，兴奋地张着嘴，大多数人还睁大了眼睛。表演结束，最后一个音符落下，齐仪与沈安都焦急地等待观众的反应。观众们两三秒钟的沉默之后，爆发了如雷的掌声，大川欣喜万分，沈安兴奋流下了眼泪，而齐仪也拼命地拍掌。

舞台答谢观众，观众冲他欢呼。他非常高兴，跳了一段踢踏舞来表达喜悦之情，然后向乐队致谢，最后招呼侧面的某人来他身边。

底下的观众惊呼：太妙了。听起来简直像是幻想的。（稍顿）

像是故事。(稍顿)像是神话。(稍顿)太妙了。

115 场　外景　京剧海报　日

三四部张贴的京剧海报和电影画面交替出现，表现出沈大川的知名度不断提升的过程。沈大川的名字在海报上的位置越来越显著，字母越来越大。这些沈式京剧名叫《审潘洪》《十道本》《胭脂褶》《盗宗卷》。

一幕一幕，叠加大川的表演片段，念白有时老辣，有时苍劲，有时是幽默风趣的声调，有时是忠告谏劝的语气，表达人物的不同性格和感情需要。

116 场　内景　沈安家　清晨

画面切到沈安，响起画外音——父亲告诉我："如果三月播种，九月将有收获，焦虑的人啊，请不要守着四月的土地哭泣。土地已经平整，种子已经发芽，剩下的事情就交给时间来完成。"

这就是我父亲的故事。

117 场　外景　云层　清晨

阳光从乌云一寸寸挪出来。一片明丽的世界。